KB104883

프로필 (PROFILE)

임창석
이상 문학상을 수여하는
문학사상에 소설부문 신인상을 수상하며
등단한 소설가이자 정형외과 전문의.
저서로는
빨간 일기장
소설 백의민족
자신의 영혼에 꽃을 주게 만드는
100가지 이야기
등이 있다.

8인 6색 소설

8 Persons 6 Colors Novel

1. 리차드(Richard)

나는 지금도 해부학 실습 꿈을 꾸곤 한다.
철모른 의대 시절의 풋내기 경험이었지만
그때의 새로운 경험과 자극은
지금도 무의식중에 깊숙이 자리 잡고 있다.
내가 속한 실습 조에는
육십 대 할아버지의 메마른 육체가 배정되었었다.
은빛 스테인리스 뚜껑을 열자
짙은 포르말린 냄새와 함께 휑뎅그렁한 고인의
차갑고 마른 육신이
군데군데 흩어진 검버섯과 더불어
충격적인 피사체 모습으로 망막에 쏟아져 들어왔다.
지금은 인체의 신비를 덜 느끼는
그런 냉정한 의사가 되었지만
당시의 학생 신분으로서는
고귀한 인간의 정신이 깃들었던
육신의 피폐해진 모습에
경건한 마음과 전율스러움

두 상이한 파장을 느껴야만 했다.
풍겨오는 악취를
손바닥만한 마스크 한 장에 견디며
대흉근부터 열두 두뇌 신경까지
한 올 한 올 벗겨나가는 해부시간은
장엄한 의식처럼 길게 진행되었었다.
특히나 마지막 날,
흉부와 두개골을 절단기로 자르고
심장과 두뇌를 꺼내어
하나하나 해부했을 때는
이러한 행동들이 이미 피안으로 가신
할아버지의 정신에 마저 상처를 입히지나 않을까
죄스러운 마음까지 들었다.
비록 고인에 대한 조촐한 묵념으로
송구스러움과 감사의 마음 모두를
저편으로 실어 보냈지만
상처받은 남은 몸뚱이는
불길에 흔적 없이 지워야만 했다.

오늘 새벽에 또 인체 해부학 실습 꿈을 꾸었다. 시간이 갈수록 빈도와 강도는 미약해졌지만, 작은 위성처럼 궤도를 벗어나지 않고 맴돌다가 때때로 심심찮게 이렇게 달려드는 꿈들이 어느덧 익숙해져 버린 나만의 증후군이 되었다.

다른 날과는 달리 좁은 모자를 눌러 쓴 듯 죄어오는 이 알 수 없는 압박감에 진한 두통을 느끼며 일어났다. 창문을 두들겼던 어젯밤의 비는 그쳤는가 보다.

뉴욕에 온 지도 벌써 많은 날들이 흘렀다. 나는 냉소적인 도시의 차가움과 자유로운 천재성에 서서히 길들여져 갔다. 매일매일 쏟아지는 정치와 경제적 가십 기사들이 나를 피곤하게 만들기는 했지만, 순발력과 세련된 절제미를 보이는 분위기에 무의식적으로 동승하는 듯했다.

뉴욕은 부유함과 헝그리 정신을 동시에 가지고 있는 이중성이 물들어 있는 곳이다. 동질감과 이질감과의 시소 게임에서도 항상 긍정적인 감정을 이끌어 내도록 하는 것 같지만, 사실은 평범함을 비범함으로 탈바꿈 시키려는 사회의 압박감에, 많은 사람들이 힘들어 하고 또한 탈출을 꿈꾸기도 한다.

뉴욕은 자신이 가지고 있는 인종의 다양성과 거대한 자본의 장점을 효율적으로 이용한다. 세계 곳곳에서 몰려오는 관광객들과 비즈니스맨들을 카멜레온처럼 흡수해 버리며, 모든 사람이 이방인 같으면서도 모든 사람이 동료 같은 교묘한 마법적인 분위기를 잘 연출해 낸다.

쉬는 날이면 습관적으로 이런 뉴욕과 소통하고 교감하기 위해 스케치북을 들고 거리를 나선다.

도시의 높은 마천루 사이를 오가는 사람들의 다양한 표정들, 밧데리 공원의 해변가나 허드슨 강변의 고요한 풍경, 유니온 스퀘어 공원에서 열리는 벼룩시장, 그리고 타임스퀘어 앞에 줄을 서 있는 극장 관객들의 기대에 찬 표정들, 이런 도시의 거리를 즐겨 그린다. 하지만 외로울 때는 가끔씩, 옛 철도를 산책로로 바꾼 하이 라인으로 가서 데이트를 즐기는 연인들의 모습도 화폭에 담곤 한다.

하얀 도화지 위에서 춤을 추는 연필의 날렵한 몸놀림은 아픈 사람들로 붐비는 어두운 병원의 고통스러운 모습들을 나에게서 잠시 잊게 해준다.

사각사각 부딪히는 목탄의 뭉툭한 질감, 스케치를 하는 연필의 가벼움, 물감을 칠하는 붓의 포근함은 지친 나의 영혼을 쉬게 만들어 준다. 나에게는 이것들이 동화나라의 마법봉이다.

파스텔 색을 이용하여 부드러운 색감을 캔버스 위에 입힐 때는 도시가 가지고 있는 알지 못하는 평온감과 따스함이 나에게 서서히 스며드는 것을 느낄 수 있다.

날씨가 너무 화창하다. 인공적인 도시 한가운데에서, 햇빛이 던져주는 한줄기 따스함이 기분 좋다.

오늘은 뉴욕 맨해튼을 둘러싸고 있는 허드슨 강변의 두터운 방파제 위에 앉았다. 그리고 앞에 보이는 저지 시티(Jersey City)의 회색빛 고층 건물들을 그리고 있다.

허드슨 강을 넘어오는 높은 건물들의 은은한 그림자들이 물결 따라 흔들리며 수면 위에서 춤을 추었다.

나는 인공적인 불빛이 만드는 화려한 밤그림자 보다, 이렇게 도시 스스로가 내뿜는 자연스러운 질감과 냄새를 좋아한다. 나에게 도시의 체취를 주기 때문이다.

뉴욕 워싱턴 하이츠에 있는 콜롬비아대학 메디컬 센터에서의 응급의학과 레지던트 생활도 이제 조금씩 적응되어가고 있다.

하지만 어제는 정말 정신이 없는 날이었다. 아침부터 총상을 입은 환자가 갑작스레 들이 닥치더니 짧은 시간에 너무 많은 환자들이 몰려왔다.

앰뷸런스 여러 대에 실려 온 교통사고 환자들, 빌딩에서 투신하여 자살을 시도한 사람, 공사장에서 일하다가 손이 거의 절단된 사람, 센트럴 파크에서 산책을 하다 개에 물린 사람까지, 화장실 갈 틈도 없이 하루 종일 바쁘게 뛰어다녀야 했다.

그런데 오늘은 이렇게 한적한 곳에 앉아서 상쾌한 공기를 마시고, 또 내가 좋아하는 그림을 그리며 쉬고 있으니 며칠 간 쌓였던 스트레스가 다 날아가는 것 같았다.

저녁에 비번인 레지던트 동료 에드워드를 만나 가볍게 식사와 술 한 잔을 했다.

뉴욕은 늦은 밤에도 도시에서 내뿜는 휘황찬란한 불빛과 함께 식당과 카페와 술집들이, 잠이 들지 않은 사람들과 하나가 되어 유기체처럼 움직인다. 나는 오늘도 그 유기체의 한 부분처럼 옅은 술 냄새를 이 음침한 도시의 무거운 공간 속으로 에드워드와 함께 내뿜고 있다.

뉴욕 밤거리의 모든 사람들이 즐거워 보인다. 하지만 그 즐거움 뒤에는 내일에 대한 긴장감을 감추려는 이성적인 억눌림이 존재한다는 것을 잘 안다. 식사를 즐기고 술을 마시는 그들의 얼굴에는 항상 웃음을 띠고 있지만, 비싼 생활비를 벌기 위해 새벽처럼 일어나 일을 하고, 또 넘쳐나는 스트레스를 이기기 위해 밤에 이곳으로 와 술을 마시는 사람들이 많다.

나 역시 마찬가지인 것 같다. 감당하지 못할 병원의 업무량에 허덕이고, 어제의 잘못된 일들에 불안감을 느끼며, 내일은 또 무슨 일들을 해야 할까 하는 동시 다발적인 생각에 사로잡혀 정신없이 살고 있다.

실수가 용납되지 않는 엄격한 병원생활이기에 더 그렇지만 하루를 과거와 현재와 미래가 함께 교차된 공간 속에서 살아가는 내가, 때로는 무한한 뫼비우스 띠 위를 달리고 있는 다람쥐 같다는 생각이 든다.

어느덧 밤 11시를 넘기고 말았다. 의사 생활이 적성에 맞지 않는 것 같다고 투덜대는 에드워드를 달래서 집으로 보내고, 난 다시 밤바람을 쐬러 허드슨 강가로 갔다.

허드슨 강에서 불어오는 바람이 제법 싸늘했다. 수면 위로 도시의 불빛들이 실체 없는 영상처럼 흔들렸다.

한참을 멍하니 강을 따라 걷다가, 정신을 차리고 집으로 가기 위해 택시를 잡았다.

나는 뉴저지의 허드슨 강가에 있는 웨스트 뉴욕의 오래된 아파트에 살고 있다. 과거 미국으로 건너오는 이민자들을 위해 지어진 아파트라 임대료가 저렴하다. 그래서 숙소를 그곳으로 잡았다.

밤이 늦어서인지 택시 기사가 나에게 평소의 요금보다 20불을 더 불렀다. 뉴저지로 가기 위해 링컨 터널을 지나야 하는데, 밤에는 손님이 없으므로 20불을 더 내라는 것이었다. 난 습관처럼 추가 10불에 흥정을 마치고 택시에 올랐다.

달리는 택시 창문 밖으로 도시의 밝은 그림자들이 회전목마에서 보았던 배경처럼 뒤로 사라져갔다.

검붉은 색을 띠고 있는 아파트 건물 앞에 다다르자, 택시비를 지불하고 내려서 현관문 앞으로 갔다. 주머니에서 열쇠를 꺼내 문에 꽂았다. 그런데 안 열렸다. 낡은 아파트라서 그런 지 종종 열쇠가 잘 맞지 않는 경우가 많다. 난 습관처럼 엘리베이터 앞에 앉아있는 경비원 케빈에게 눈짓을 보냈다. 야식으로 빵을 먹고 있던 청년 케빈이 나와 눈이 마주치자, 언제나처럼 알았다는 듯이 씩 미소를 짓고 책상 옆에 있는 빨간 단추를 눌러 자동으로 문을 열어주었다.

집에 들어와 창문을 열었다. 그리고 밖을 바라보았다. 아파트 뒤쪽에 자리한 이글스 슈퍼마켓 불빛만 눈에 들어왔다. 모두들 잠자리에 들었는지 주변 건물들의 불빛은 꺼져있었고, 차가운 밤공기만 고요한 공간 속을 배회하고 있었다.

나는 깊게 숨을 들이키며 큰 기지개를 폈다. 어제 잠을 제대로 자지 못했다. 더구나 아침에 해부학 꿈을 꾸다가 일찍 깬 탓에 술기운과 두통이 동시에 밀려왔다.

냉장고를 열고 시원한 생수를 벌컥벌컥 들이켰다. 그리고 소파 위에 풀썩 주저앉았다. 그러자 내 눈길이 자동으로 한 곳으로 쏠렸다. 바로 앞 테이블 위에 던져둔 일기장이다. 겉표지가 약간 바랜 어두운 푸른빛의 일기장.

그 일기장을 보자 어제처럼 또 갈등이 밀려왔다. 갑자기 나에게 찾아온 마티의 일기장….

이 일기장은 마티의 친구, 마리아가 몇 달 전 나에게 준 것이다. 사실 어제도 그녀의 일기장을 밤새 읽다가 겨우 새벽이 되어서야 잠이 들었었다.

그리고 잠을 잔 지 얼마 되지 않아 어김없이 해부학 실습 꿈을 꾸었고, 또 항상 그랬던 것처럼 몽유병 환자처럼 새벽에 벌떡 일어난 것이다.

 일기장의 주인공 마티….

 적막감과 함께 슬픔과 그리움이 밀려왔다. 무의식적으로 생각하지 않으려 해도, 반복적으로 재생되는 동영상처럼 내 머릿속으로 경계 없이 밀려들어 왔다.

 후—

 나는 또 감정에 복받쳐 그녀를 처음 만났던 클리블랜드의 호숫가를 생각했다.

 외로움을 간직한 한 소녀.

 마티. 마티 하비.

 그녀는 그 곳에서 처음 본 동물을 어미로 생각하는 새처럼 나에게 첫 눈에 각인된 모습으로 다가왔었다.

2. 마티(Marti)

얼마 전 아빠랑 이곳 클리블랜드로 이사를 왔다.
집 근처에 있는 이곳 이리호수가 바다처럼 넓어서 좋다.
엄마는 뉴욕에서 돌아가셨지만
아빠는 엄마를 엄마의 고향인 이곳에 묻어주셨다.
나는 엄마와 뉴욕 바닷가에서 놀곤 했다.
새로 전학해 온 초등학교에는 아는 친구들이 없다.
그래서 오늘도 수업이 끝나자마자 이곳에 왔다.
바람이 많이 부는 것 같다.
아빠는 날씨가 좋지 않다고
수업이 끝나면 바로 집으로 오라고 했는데…
오늘도 그만 이곳에 와버렸다.
머리에 꽂은 커다란 분홍색 리본이
바람에 퍼덕이며 나비처럼 내 머리를 쪼아댄다.
하늘도 조금 전보다 더 검어진 것 같다.
많은 갈매기들이 내가 나타나자 어지럽게 날아다녔다.
엄마와 그랬던 것처럼
가져온 쿠키들을 쪼개어 던져 주었다.
갈매기들이 서로 달려들며 먹으려 했다.

'엄마… 보고 싶어! 엄마!'

나는 넓은 호수에 대고 힘껏 소리를 질렀다.

하지만 돌아오는 메아리 같은 것은 없었다.

눈에 눈물이 고이기 시작했다.

그때였다. 먼 하늘에서 번쩍하더니 천둥 번개가 쳤다.

나는 무서웠다.

남은 쿠키들을 다 던져주고

집으로 가려고 호숫가를 달리기 시작했다.

구름이 많아지고 주위가 훨씬 더 어두워졌다.

나는 힘껏 달렸다.

그런데 바람이 몰아쳤다.

바람을 이기려고 고개를 숙이고 달렸다.

앞에 있던 갈매기들이 놀라 이리저리 흩어졌다.

돌풍이 불며 모래바람이 앞을 가렸다.

나는 모래바람을 피하려고 고개를 옆으로 돌렸다.

순간 앞이 안보였다.

바람에 휘날리던 내 머리카락이 눈을 가린 것이다.

발이 헛딛어 지는 것을 느끼며 중심을 잃고 쓰러졌다.

그리고 몸이 갑자기 푹 아래로 꺼지는 것 같았다.

길 옆 움푹 파인 구덩이 아래로 굴러 떨어진 것이다.

하늘이 빙그레 도는 가 싶더니 주위가 어두워졌다.

난 정신을 잃었다.

갈매기의 날카로운 울음소리가 귓가에 들렸다.

바람소리도 귓가에 맴돌았다.

사람 목소리 같은 것을 들은 것 같기도 했다.

인기척이었을까?

나는 추위를 느끼고 잠에서 깨어났다.

그런데 집이 아니었다.

머리를 들고 주위를 둘러보았다.

넓은 호수가 눈앞에 보였다.

나는 조금 전 뛰다가 넘어져 기절을 했던 것이다.

조금 전 상황이 기억났다.

조심스레 일어났다.

그런데 가슴과 목 부위에

솜털처럼 부드러운 무언가가 느껴졌다.

나는 깜짝 놀라

후다닥 일어나 앉았다.

그리고 내 앞에 놓여있는 하얀 물체를 발견했다.

조심히 살펴보았다.

날개를 펴고 있는 갈매기 한 마리가 죽어있었다.

조금 전의 푹신한 느낌은 바로

이 갈매기의 차가운 몸이었던 것이다.

나는 눈을 휘둥그레 떴다.

큰 갈매기 한 마리가

왜 내 앞에 죽어있는 거지?

나는 천천히 일어나

얼굴을 만져보고 몸을 살펴보았다.

양쪽 무릎에 약간의 찰과상만 있을 뿐

얼굴과 몸에는 상처가 없었다.

넘어질 때 갈매기가 나를 보호해 준 것일까?

바람은 불지 않았지만

하늘은 더 어두워져 있었다.

나는 죽은 갈매기를 한참 쳐다보았다.

그러다가 무릎을 꿇고 앉아

갈매기를 내 품에 안았다.

그리고 호숫가 근처에 있는 집으로 돌아갔다.

아빠는 갈매기를 안고 오는 나를 보고 깜짝 놀라셨다.
하지만 이내 침착한 표정을 보이시더니
내 품에 있는 죽은 갈매기를 물끄러미 쳐다보셨다.
마치 그것이 왜 내 품안에 있느냐는 표정이셨다.
나는 아빠에게
나에게 일어난 일들을 설명했다.
아빠는 내 말을 듣고 고개를 끄덕이시더니
한 동안 말이 없으셨다.
잠시 뒤 아빠가 다가와
갈매기와 함께
나를 살며시 껴안더니 속삭이셨다.
 '아가야! 갈매기가 너를 보호해 주었나 보구나….'
죽은 갈매기가 나를 보호해 주었다고?
나는 무슨 뜻인지 몰라 아빠를 빤히 쳐다보았다.
 '아마 엄마의 영혼이 가까이서 너를 지켜주고 있는 것
   같구나….'
그리고 내 머리를 부드럽게 쓰다듬어 주셨다.
나는 아빠의 말이 이해가 안 되었다.
하지만 그 말을 듣고 난 후
내 심장이 점점 빠르게 뛰는 것을 느낄 수 있었다.
 '엄마가 나를 보호하고 있다고?…'
나는 무의식중에 죽은 갈매기의 몸을 더욱 끌어안았다.

그리고 갈매기의 몸에 뺨을 대고 비비며 속삭였다.

'엄마…, 보고 싶어! 엄마 ….'

아빠가 조그마한 삽을 가져오시더니

나를 이끌고

호숫가 근처 웬디 공원으로 갔다.

그리고 갈매기를 땅에 조심스레 묻어주었다.

바람이 많이 불었다.

그런데 갑자기 갈매기 한 무리가 날아와

호숫가에 있는 등대에 앉았다.

나는 아빠가 조그만 무덤을 다 만들 때까지

갈매기들을 쳐다보며 엄마 생각을 했다.

갈매기의 무덤이 다 완성되자

우리는 갈매기와 엄마를 위해 기도를 했다.

돌아오는 길에 아빠는

엄마가 항상 너를 지켜보고 있으니

건강하게 잘 지내야 한다고

내손을 꼭 잡으며

몇 번이나 말씀하셨다.

나는 알았다고 말하며 고개를 힘주어 끄덕거렸다.

아빠의 쥐고 있는 손이 무척 따뜻한 날이었다.

3. 마티(Marti)의 일기장

아빠의 말이 사실인 것 같다.
엄마가 꿈에 나타나셨기 때문이다.
엄마는 나에게 커다란 날개를 보여주셨다.
등에 있는 하얀 두 개의 날개를.
그것은 마치 내 품에 있었던 갈매기의 날개와 같았다.
얼마나 아름다웠던지!
엄마는 천사였다.
 '어떻게 엄마를 매일 밤 이렇게 볼 수 있어요?'
나는 꿈속에서 엄마에게 물었다.
 '걱정마라 아가야. 난 항상 네 마음속에 있단다.'
나는 엄마 품에 꼭 안겼다.
엄마도 나를 꼭 안아주셨다.
나는 엄마의 냄새를 맡고 또 맡았다.
엄마한테서는 항상 좋은 냄새가 났다.
엄마가 예쁘다며 나의 머리를 쓰다듬어 주셨다.
그리고 이마에 뽀뽀도 해주셨다.
 '사랑한다. 아가야.
  난 항상 너를 지켜보고 있단다….'

엄마가 나의 눈을 쳐다보며 빙그레 웃었다.

나는 꿈꾸는 내내 행복했다.

나는 이 꿈이 사라지지 않고

영원히 가길 원했다.

하지만 시간이 흐르자

갑자기 주위가 밝아지며

엄마의 모습이 흐려졌다.

나는 사라지는 엄마를 목청껏 부르다가 잠에서 깨었다.

아침이 된 것이다.

나는 크게 실망했다.

그리고 마음속이 허전했다.

하지만 기운을 차렸다.

엄마가 내일 또

꿈에 나타날 것이라는 것을 알았기 때문이다.

나는 오늘 또 공원에 갈 것이다.

매일 밤 엄마 꿈을 꾼다면,

난 갈매기를 묻어준 공원으로 매일 갈 것이다.

엄마! 정말로 난 엄마가 날마다 보고 싶어….

4. 리차드(Richard)와 마티(Marti)

 초저녁 노을빛이 수면에 빨려 들어가는 일몰의 배경을
뒤로 한 채, 발광체의 운명을 타고난 등대의 수은빛 여운
사이로 검은 반면(半面) 영상의 실루엣이 흑백사진처럼
내 눈에 들어왔다.

 그녀의 얼굴은 호숫가 곶의 굴곡만큼이나 각진 윤곽을
가지고 있었다. 부드러운 바람이 잔잔하게 실려 오는 파
도를 역행하며 호수 위를 굼실굼실 넘어왔다.

 이리호수의 클리블랜드 항구에 있는 웨스트 피어헤드
등대를 바라보고 있는 그녀의 얼굴은 사라지는 노을빛
만큼이나 붉게 상기되어 있었다.

 점점 어두워지는 음영 때문인지 다소곳하게 앉아있는
그녀의 윤곽선은 주위의 바위와 더불어 호숫가 지평선
에 연결되어 부드러운 줄무늬를 그리고 있었다. 섬모충
의 섬모운동처럼 바람결에 휘날리는 그녀의 긴 머리만
아니라면 난 그녀가 움직이지 않는 석고상이라 생각했
을 것이다.

 그녀의 모습은 오랜 세월을 거쳐 이 곳 호숫가에 동화
되어 온 듯 했다. 이곳에 오래 전부터 퇴적된 사물처럼

앉아있는 모습이 무척이나 자연스러웠다.

그녀와 약속한 시간이 다 되었다. 나는 멀리서 지켜보는 것을 그만두고, 그녀에게 다가가 먼저 말을 걸었다.

"안녕. 마티 맞지? 나는 리차드야. 찰스 할아버지 손자."

"안녕하세요. 아빠가 꼭 만나보라고 해서 나왔어요."

"나는 마티와 같은 레이크우드 고등학교를 나왔어. 마티의 학교 선배인 셈이지."

"네. 들었어요. …그런데 어쩐지 낯이 익네요. 혹시 이곳에서 자주 뵌 적이 있었던 것 같은데…, 맞죠?"

"맞아. 고등학교 때부터 이곳에 그림을 그리려고 가끔 왔었는데, 그때마다 마티를 본 것 같아…."

나는 엣지워터 공원 근처인 레이크 에버뉴에 살았다. 풍경화 그리는 것을 좋아해서, 시험이 없는 주말이면 이리 호수 주변 경관이나 클리블랜드 항구나 등대를 그리려고 집 근처의 여러 공원들을 쏘다녔다.

내가 가장 좋아하는 장소는 바로 집 앞의 엣지워터 공원의 잔교와 호숫가 풍경이 좋은 레이크우드 공원이었다.

"그런데 오래 전부터 보이지 않는 것 같던데요?"

"지금은 오하이오 주립대학을 졸업하고, 뉴욕의 콜롬비아 의과대학에서 공부를 하고 있는 중이야. 지금처럼 방학이 아니면 이곳에 오지를 못 하거든."

"아 그런 거였군요. 그래서 지금 못 보는 거군요…. 리차드를 처음 보았을 때, 그때 저는 링컨 초등학교에 다녔었어요."

그렇다. 내가 초등학생인 그녀를 처음 본 곳이 바로 이곳 웬디 공원이었다. 나는 그때 그림 그릴 장소를 물색하다가 우연히 그녀를 발견했다. 공원 가장자리에 앉아서 작은 무덤 같이 봉긋 솟아있는 땅을 만지작거리고 있던 한 소녀. 바로 마티였다.

사실 지금도 잊지 못하고 있는 그녀에 대한 느낌이 하나 있다. 그건 바로 오랜 시간 동안 한 곳에 앉아 전혀 움직이지 않는 그녀의 놀랄만한 인내심이었다.

나는 그때 작은 충격 같은 것을 느꼈다. 풍경과 하나가 되어버린 그녀의 정지된 모습. 석고상 같았다.

나는 그녀의 모습을 주위 배경과 함께 그림에 담았었다. 그녀를 내가 그리고 있는 그림에 넣지 않으면, 그날의 풍경화는 뭔가 부족하고, 어쩐지 전혀 완성되지 않을 것 같은 묘한 느낌이 들었기 때문이다.

"마티의 얼굴은 지금도 그때와 똑같은 것 같아."

"그래요?"

그녀가 약간 어색해 하니 입기에 살짝 미소를 띠웠다. 노을의 반사광을 받아 그녀의 얼굴에 작은 섬광 하나가 만들어졌다.

"그런데 혹시, 저기에 있는 저 조그만 무덤 같은 곳은 뭐지? 옛날부터 항상 저곳 근처에 앉아 있었던 것 같은데…, 물어봐도 될까? 기르던 개나 고양이의 무덤?"

나는 궁금하다는 표정으로 그녀의 눈을 조용히 응시했다. 그녀는 질문에 놀랐는지 나를 빤히 쳐다보았다. 짧은 시간이었지만, 그녀의 얇은 입술이 긴장하며 살짝 흔들리는 것이 느껴졌다. 괜히 물어보았나? 하는 후회가 갑자기 밀려왔다. 나는 대답하지 않아도 된다는 말을 막 꺼내려 했다.

"갈매기 무덤이에요."

그녀가 아무 일 없다는 듯이 말을 꺼냈다.

"갈매기?"

"네. 죽은 갈매기를 발견하고 묻어 준 거예요."

"죽은 갈매기를 묻어주었다고?"

"네. 갈매기가 저 때문에 죽었거든요. 그래서 아빠랑 같이 그 곳에 묻어주었어요."

"갈매기가 너 때문에 죽었다고? 대체 무슨 말인지…."

"엄마가 뉴욕에서 돌아가신 지 얼마 되지 않아서의 일인데요…"

그녀의 입에서 갑자기 엄마가 돌아가셨다는 말이 나오자, 나는 순간 긴장을 했다.

"…호숫가에서 뛰다가 잘못하여 발이 미끄러져, 호숫가 기슭으로 떨어져 기절한 적이 있었어요. 그런데 깨어나 보니 내가 갈매기 때문에 죽지 않고 살아 있었던 거예요. 난 그때 나를 구해준 게 바로 엄마의 영혼이란 걸 나중에 알았어요."

'엄마의 영혼?'

나는 이해가 되지 않아 조심스럽게 그녀의 눈치를 살피며, 엄마의 영혼이라는 게 무슨 뜻이냐고 물었다.

"정신을 차려 보니 제가 쓰러진 곳에 갈매기 한 마리가 있었어요. …갈매기가 죽은 채, 내 가슴 아래에 짓눌러 있더군요. 처음 난 왜 갈매기가 내 품안에 죽어 있었는지 몰랐어요. 하지만 죽은 갈매기를 안고 집으로 갔더니, 나에게 아빠가 그러시더군요. 아마도 갈매기가 나를 다치지 않게 한 것 같다고…, 그리고 아빠 생각에, 엄마의 영혼이 깃든 갈매기가 나를 살려준 것 같다고…. 내가 밑으로 떨어질 때, 엄마의 영혼이 들어간 갈매기가 나를 구해준 거라고 했어요…. 그래서 아빠랑 갈매기를 여기에 묻어 주었어요. 그때부터 학교수업이 끝나면, 난 자주 이곳으로 와서 놀다가 집으로 가곤 해요…."

'아- 그랬었구나!'

난 갑자기 과거 그녀의 모습이, 기억 속에 중복되며 떠올랐다. 등대를 스케치하러 왔다가 우연히 만났던 조용한 작은 소녀. 이상하게 느꼈던 그녀의 알 수 없는 무거움. 보이지 않는 멍에를 진 것 같은 그녀만의 어떤 중량감. 그런데 그 이유가 바로 이것이었구나….

"엄마가 비록 일찍 세상을 떠나셨지만, 항상 제 곁에 있는 것처럼 느껴져요. 어디선가 저를 바라보고 있을 것 같은 생각이 지금도 들곤 하죠…."

그녀가 반쯤 돌린 얼굴을 다시 앞으로 하며 말을 꺼냈다. 어머니에 대한 영모(永慕)의 정. 압인(壓印)된 상처 뒤에는 어머니에 대한 잔상이 숨겨져 있었다.

나는 갑자기 꺼낼 말이 생각이 나지 않아, 앞쪽 붉은 수피의 적송(赤松)에 눈길을 돌렸다. 앙상한 가지를 가지고 있는 적송은 노을빛 때문인지 더욱 붉게 빛나고 있었다. 갑자기 어떤 긴장감이 몸 안에 흐르는 혈액 속으로 타고 들어오는 것을 느꼈다.

잠시 뒤 그녀의 눈길이 느껴지자 그녀를 쳐다보았다. 눈이 서로 마주쳤다. 그녀의 눈빛은 맑았다. 그리고 뭐랄까…, 마치 거울 뒤에 또 다른 세계를 간직하고 있는 것 같은, 심연처럼 깊고…, 어두운 작은 공간이 보였다.

나는 애써 눈길을 돌리며 그녀에게 궁금한 것을 더 물어보았다.

"…그런데 어머니는 무슨 일로 돌아가셨지?"

"엄마는…, 뉴욕 테러 당시 돌아가셨어요. 전 뉴욕에서 태어났는데, 엄마랑 어렸을 적에 항상 해안가의 갈매기에게 먹이를 주며 놀곤 했어요. 그래서 자주 이곳에 오기도 하죠. 이곳 이리호수에는 갈매기가 많아 좋아요."

"…"

나는 무의식적으로 대답 없이 고개를 끄덕거렸다. 그녀가 갈매기의 무덤을 왜 그렇게 중요시하는 지 이제 알 것 같았다. 이곳은 그녀에게 어머니의 품과 같은 곳이었다. 갈매기와 어머니를 동일시 한 것이다.

그녀가 시선을 돌렸다. 그녀의 눈빛이 호수의 수평선과 함께 사라지려는 먼 하늘가 끝에 매달려 힘겨워하고 있었다. 갑자기 그녀에게서 약간의 동질감 같은 것이 느껴졌다. 나는 평상시 정말 하기 싫어했던 말을 무의식중에 꺼내고야 말았다.

"나도 아버지가 돌아가셨어…. 육군 장교로 이라크 전쟁에 참여하셨는데, 전쟁 중에 갑작스레 세상을 떠나셨지."

그녀와의 공감대를 형성하기 위해, 나도 모르게 만들어낸 순간적 반응이었지만, 이렇게 말을 꺼내자 마음 한구석이 아파오고 씁쓸했다. 이런 말은 평소에 정말 하지 않는다. 나만의 은폐의식이 깨지기는 이번이 처음이다.

그녀의 눈이 커지며 나를 바라보았다. 나는 분위기를 바꾸기 위해 일부러 말을 돌렸다.

"어머니는 클리블랜드 클리닉 어린이병원에서 간호사로 일하고 계셔. 항상 환자들을 돌보느라 무척 바쁘시지. 그래서 내가 의대에 들어간 이유이기도 하고…."

"…"

"찰스 할아버지는 어떻게 만났지?"

"아빠가 그분의 학교 제자였어요."

"아- 그래서 마티를 할아버지께 부탁하신 것이구나."

"그랬을 거예요. 최근 찰스 선생님이 집에 몇 번 오셨었거든요."

"할아버지의 친구인 아첵에 대해서는 아니?"

"이름은 들어보았는데 잘 몰라요. 아빠가 그러는데, 오늘 리차드를 만나면 주말 토요일 오후에 나와 친구가 되어주실 분을 소개시켜 준다고 했는데…. "

"맞아. 찰스 할아버지가 나에게 부탁하여 너를 아첵에게 데려가 주라고 부탁하셨거든. 아첵은 북미 원주민 추장으로, 많은 사람들에게 존경을 받으며, 대화를 통해 도움을 주는 사람이야."

"리차드 당신도 그분에게서 지혜를 배운 사람이라면서요?"

"맞아. 그런데 사실 그분의 가르침을 받은 사람들은 나만 있는 게 아니야. 아주 많지. 찰스 할아버지 역시 아첵의 친구이면서 서로의 지혜를 같이 나눈 분이시지."

"네? 그게 무슨 말이죠?"

"그건 나중에 천천히 설명해 줄게. 너의 아버지께서는 네가 아책의 이야기를 듣고, 아마도 그와 대화를 나누면, 네가 학교생활을 하고 공부를 하는데 많은 도움이 될 거라고 생각하여 찰스 할아버지께 부탁하신 걸거야."

"…"

"나도 아버지가 돌아가시고 무척 방황했었거든. 그런데 그분을 만나고 나서 많은 도움이 되었지. 그 분은 특별한 것은 가르치려 하시지는 않아. 그가 처음 본 나에게 말하길, 혼자 서 있는 나무는 외롭지만, 함께 서 있는 나무는 맑은 공기를 간직한 푸른 숲이 된다고 하셨어. 무슨 뜻인지 알겠지? 자. 여기 아책이 전해주라는 편지가 있어. 받아서 읽어봐."

"무슨 편지인데요?"

"아책의 가르침을 받기 위해서 모두가 받는 초대장이야. 이것을 받은 사람들은 아책을 만날 수가 있어. 일종의 추천서 같은 것이지. 그의 가르침을 받은 자들이 아책에게 사람들을 소개시키는 방식이기도 하구. 내가 받았던 편지가 오래되어서 어제 그대로 다시 베껴 쓴 거야. 인연이 있는 자가 그 분을 만나기 전에 거치는 가벼운 의식 같은 것이라고 생각해. 천천히 읽어봐. 그리고 다 읽으면 나와 함께 이제 집으로 가도록 하지."

나의 어머니는 캐나다 오타와(Ottawa)강 주변에 살았던 알곤킨(Algonquin)족 추장의 딸이었고, 아버지는 이리호수 주변에 살았던 이로쿼이(Iroquois)족 추장의 아들이었다.

두 분이 사랑을 하고 결혼을 할 때, 이웃 부족 모두가 함께 모여 그들을 축복하였다.

그런데 가장 나이가 많은 점술가 한 명이 예언하기를, 서로 다른 두 부족의 자손들이 결합하였으므로 위대한 정신이 탄생될 것이고, 그 영혼의 힘을 현세에 이어받기 위해서는, 아들이 태어나면 반드시 영혼이란 뜻의 알곤킨(Algonquin) 언어인 아첵(Achack)이란 이름을 붙이고, 딸이 태어나면 위대한 영혼이란 이로쿼이(Iroquois) 언어인 오렌다(Orenda)를 붙이라고 했다. 그래서 나의 이름이 아첵이 되었다.

나는 이렇게 부족민 중에서 지혜를 전달하는 임무를 가지고 태어났다. 그리고 그 임무를 수행하기 위해 내 친구 찰스나 지인들을 통해 사람들을 소개받는 중이다.

 누구나 이 편지를 받은 자는 나와 인연이 있는 자이므로 나를 찾아와 친구처럼 대화를 나누기를 바란다.

 조상들이 남겨준 소중한 지혜들을 넘겨 줄테니, 나와 함께 자연의 소리를 귀담아 듣고, 조상들의 지혜와 당신의 지혜를 비교해 보아라.

 순간적으로 만들어가는 마음 속 세상이란 허무와도 같은 것이다. 아무도 그 흐름을 바꿀 수 없는 우주의 아주 고유한 영역이다. 하지만 사실은 현실의 그림자와 같이 아주 단순하다. 나에게로 와서 당신의 마음을 내밀어라. 당신의 이야기를 조용히 듣고 음미해 가며, 당신의 마음 속 세상을 들여다보고 함께 새로운 그림을 그릴 것이다.

당신이 얼마나 소중한 존재인지 깨닫게 하고 싶다.

그리고 변화의 씨앗을 만들기 위해 당신이 필요하다.

당신은 새로운 생명의 원천이 될 수 있다.

당신 앞에 있는 나의 친구와 함께 나에게로 오라.

사람들과 대화를 통해 지혜를 나누려는 자

— 아첵 —

5. 아첵(Achak)

쿠야호가(Cuyahoga) 강은 오늘도 조용히 흐르고 있다.
하늘의 구름은 동쪽으로 달리는 버펄로 무리 같고
새들의 울음소리는 바람과 함께 귓가를 때린다.
물속에서 움직이는 작은 물고기들의 움직임이나
그림자들이 예전보다 더 느려진 듯하다.
따뜻해지는 날씨 탓일까?
해가 갈수록 동물들의 수가 줄어드는 것 같다.
숲속의 움직임이 점점 없어지고
동물들의 몸놀림도 활기차지가 못하다.
요즘 들어 명상을 하면서도 피곤함을 느낀다.
정신 집중도 예전 같지가 않다.
내 영혼도 몸과 함께 같이 늙어가고 있는 것일까?
아첵이라는 이름은 영혼을 뜻한다.
생명체들은 자연의 영혼과 교감해야 한다며
할아버지께서 내가 태어나자 지어주신 이름이다.
나는 어렸을 때부터 호기심이 아주 강했다.
부족의 추장 아들로 태어났기 때문에
남들보다 부족민들의 사랑을 많이 받긴 했지만

내 이름과는 다르게
말썽을 많이 부리고 제멋대로 행동했다.
부족에서 금지하는 동물 보호 구역에 몰래 드나들었고
달빛이 없는 어두운 외출금지 시간에 도망 나가
별들을 보며 밤을 새기를 좋아했다.
하지만 사춘기가 시작되고
성인식을 치르고 나서부터
내 성격이 조용하게 변하기 시작했다.
북미 원주민들의 성인식은 부족마다 다르다.
우리 부족은 보름달이 뜨면
모닥불을 피우고
경건한 성인식 춤을 추면서
어머니 자연에 경외심을 표하는 것으로 시작한다.

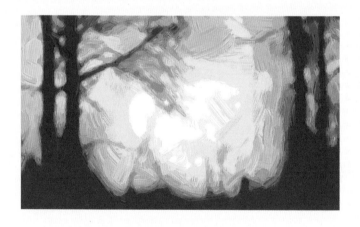

어머니!
신성한 자연이시여!
저희들의 마음을 당신에게 엽니다.
당신의 지혜를 저희들에게 주세요.
저희들은 당신의 영혼에서 태어난 아이들입니다.
당신의 일부입니다.
당신의 뜻을 가르쳐 주세요.
나쁜 기운을 몰아내 주시고,
악한 정신을 물리쳐 주시고,
건강한 생각을 불어넣어 주십시오.
어머니!
신성한 자연이시여!
저희들과 하나가 되어주세요.
당신의 지혜가 필요합니다.

몸이 지치도록 춤과 노래를 부르고
보름달이 가장 높은 곳에 이르면
마을에서 가장 지혜로운 사람인
추장이 나타나 우리들에게 큰소리로 외친다.
그때 보았던 아버지의 모습이 아직도 생생하다.
늑대의 우두머리에게서 볼 수 있었던 강인한 눈빛.
바람에 휘날리시는 아버지의 회색빛 백발.
보름달 아래 울려 퍼지는 그 분의 굵고 힘찬 목소리.

하나의 생명을 탄생시키고 성장하기 위해서는
온 우주의 힘이 필요하다.
어린 자들이 지혜로운 자로 변화되기 위해서는
온 자연의 힘이 필요하다.
오늘 너희들에게 성인으로써의 책임감과
의무감을 가르치려 한다.
독수리의 눈으로 세상을 보고
늑대의 용기를 가지고 어려움에 맞서며
버펄로의 힘으로 인내를 배우고
말처럼 자신을 희생하는 법을 배워야 한다.
식량을 위해 필요한 살생 외에는 하지 말며
태양의 힘으로 곡식을 얻는 방법을 배우고
강물의 은혜로움에 경건하게 감사하고
최선을 다해 부족을 지키고 사랑하라.
그리고 반드시
이러한 지혜들을 후손들에게 대물림하라.
…

우리들 모두는 그날 밤을 새며 지혜로운 자의 말들을 잊지 않도록 수백 번 되새겼다.

부족의 전설에 따르면 무당의 기질을 가진 사람에게는 어떤 미래의 모습이 떠오르며 이상한 발작이나 신비로운 환상 등을 경험한다고 한다. 하지만 성인식에 참여한 동료들 중에서는 그런 경험을 한 사람은 아무도 없었다.

그런데 나는 제일 먼저 혼절했다. 그냥 머리 위에 있는 둥그런 보름달이, 쳐다보기 힘들 정도로 눈부시고…, 대낮의 태양보다도 밝다는, 너무 너무… 밝다는….

그렇게 멍하니 밤하늘을 바라보다가, 나는 겨울잠을 자려는 회색곰처럼 갑자기 쓰러져 깊은 잠에 빠졌다.

성인식 다음 날 둥그렇게 모여 앉아 있는 우리들에게, 추장은 어머니 지구를 지키는 무지개 전사들의 전설에 대한 이야기를 들려주셨다.

이 땅을 정복한 인간들의 욕심이 하늘을 찌르게 되면, 하늘이 오염되어 모든 새가 떨어지게 되고, 바다와 강이 검게 변해 물고기들이 죽으며, 울창한 나무들과 숲들이 모두 메말라 생명들이 살기 어려운 암흑의 시기가 온다고 했다.

하지만 무지개 전사들이 나타날 것이라고 말했다. 자연이 파괴되고 많은 생명체들이 신음을 하게 되면, 신성한 영혼을 가진 무지개 전사들이 그 소리를 듣고 영롱하게 나타나, 인간들과 지구와의 균형을 다시 회복시키고, 이 땅의 기운을 예전처럼 치유하여 생명들을 새롭게 번창하게 만든다는 것이다.

아버지께서는 우리들 하나하나에 무지개 전사의 정령이 깃들어 있으며, 무지개 전사와 같은 임무를 잊지 않고 후손들에게 가르치며 전수를 하는 것이 지혜로운 자들의 가장 중요한 목표라고 말씀하셨다.

그리고 마침내 이러한 소명을 다하고 자연에 묻히게 되면, 선조들의 영혼들과 함께 지구 어머니의 품에서 영원히 안식할 수 있다고 했다.

나는 성인이 된 후 추장이 해야 할 일들을 하나씩 착실히 배워 나갔다. 그리고 부족 중에서 가장 아름다운 여자와 결혼도 했다. 하지만 아내가 아이를 낳을 때, 난산으로 고통을 겪다가 아이와 함께 그만 세상을 떠나고 말았다. 나는 하늘을 향해 처절히 울부짖었다. 나에게 왜 이런 고통과 슬픔을 주는 지 하늘을 향해 저주까지 했다. 몸과 마음이 완전히 무너져 내렸다. 나에게 벌어지는 이런 일들이 정말 이해가 안 되었다.

그런 어둠의 시기가 계속되자, 부족 사람들이 수군거렸다. 추장의 용기와 지혜가 없어지고 있다고. 나는 결국 술에 취한 이느 날, 추장 자리를 다른 사람에게 내팽개치듯 물려주고 마을을 떠났다.

그리고 오랫동안 많은 곳을 떠돌아다녔다. 록키산맥을 몇 번이고 왔다 갔다 했고, 긴 겨울을 숲속에서 혼자 보내기도 했다. 홀로 생활하는 습관은 그때부터 생긴 것이다.

긴 세월이 흐른 뒤 다시 쿠야호가 계곡으로 돌아왔다. 모든 부족 사람들은 이미 중앙 정부의 이주 정책에 의해 다른 곳으로 떠나고 없었다. 나는 새로운 마음으로 이곳에 다시 집을 짓고, 옥수수와 감자, 콩을 재배하며 살았다.

그러던 어느 날 원주민 문화와 천문학에 관심이 깊은 찰스를 만났다. 찰스는 밤에 별을 보러 천체망원경을 들고, 내가 살고 있는 이곳에 우연히 들렀다.

그리고 지금은 세상에서 둘도 없는 가까운 친구이자, 나의 첫 번째 무지개 전사가 되었다.

내가 비록 찰스보다 나이가 많았지만, 우리는 쌍둥이 형제처럼 지냈다. 생각과 마음이 너무 잘 맞았다.

나는 찰스에게서 과학과 철학과 현대문명에 대해서 들었고, 찰스는 나에게서 자연과 친해지는 선조들의 지혜와 명상, 영혼과의 공명현상 등에 대해서 배워나갔다.

찰스는 나에게서 무지개 전사란 말을 듣고, 지구를 지키려고 하는 많은 사람들이 세계 여러 곳에 있다는 것을 알려 주었다.

 생태계를 연구하며 환경을 지키려는 많은 단체. 그린피스와 같은 단체는 목숨을 걸고 지구를 파괴하려는 자들과 용감하게 맞서고 있다고 했다.

 무지개 전사들은 누구의 가르침이 없이도, 저절로 깨닫는 자들에 의해 스스로 탄생되고 있다는 생각에 정말 기분이 좋았던 하루였다.

지구의 영혼을 꿈꾸다

6. 찰스(Chales)

나무들은 모두 근원인 뿌리에서 시작하여
밝은 태양을 향해 자신의 줄기를 뻗어 나가고 있다.
하지만 일부 나무들 중엔
무성하게 다 자란 자신의 몸에서
반대로 땅을 향해
하향 줄기를 뻗어 내려가는 종류도 있다.
번식 보다는 자신의 근원을 찾기 위한 곁뿌리 내림이다.
나는 아첵을 만나기 전
나 자신의 곁가지 내림과
뿌리 찾는 일에 본능적으로 매달리고 있었다.
하지만 뿌리라는 무의식의 근원과
줄기라는 자의식의 두 세계는 서로 연결되지 않았고
비밀의 문은 마음속 깊은 곳에 숨겨져 나타나지 않았다.
그런데 그렇게 오랜 시간 나를 괴롭혀왔던 것들이
최근 아첵이 가르쳐 준 지혜를 통해
자연스럽게 연결되었고
이제는 마음의 평화와 함께
타인에게 나누어 줄 수 있는 열매도 맺으려고 한다.

학생들이 나를 부르는 별명은 조용히 들어주는 찰스이다. 고등학교에서 학생들을 가르쳤을 때는 말을 많이 하는 교사였지만, 교장으로 은퇴하고 방과 후 자문교사를 맡은 후부터는 되도록 말을 들어 주는 데만 열중히였기 때문에 붙여진 별명이다.

학생들과의 상담이 있을 때 나는 말을 많이 하지 않는다. 그들이 하는 이야기들을 조용히 들어 주며, 기다렸다가 가벼운 조언을 하고, 또 공감한다는 표정을 보여준다. 그런데 지금 생각해 보면, 이런 습관들이 나의 아들 에릭의 죽음 때문인 것 같다. 내 표정이 나도 모르게 굳어진 것은, 이라크에서 전사했다는 아들의 소식을 들은 후부터였기 때문이다. 우리 가족들은 그때 모두 큰 충격을 받았다. 그리고 오랫동안 집안에서 즐거운 대화와 웃음이 사라져버렸다.

주변에서는 장교로써 국가를 위해 영웅적인 일을 했다고 진심 어린 위로도 해주었지만, 아들의 밝고 자신에 찬 얼굴이 떠오를 때면 내 가슴이 찢어지는 듯 했다. 그나마 다행인 것이 매일 아첵을 만나며 감정적인 도움을 많이 받았다는 것이다. 아첵이 없었으면 힘들었을 것이다.

그런데 사실 더 큰 문제가 있었다. 아버지의 죽음으로 나보다 더 말이 없어진 손자 리차드 때문이다. 벙어리처럼 리차드가 말을 안 한지 꽤 오랜 시간이 흘렀다.

리차드는 학교에서도 말을 전혀 하지 않았다. 다른 선생님들과 많은 상담을 했고 병원에서도 심리치료를 받았지만, 리차드는 이 세상에 쉽게 문을 열어주지 않았다. 항상 집으로 돌아와 우울한 나날을 보냈다. 모든 일에 의기소침했으며 방과 후 친구들과 하는 스포츠나 외부 활동도 전혀 하지 않았다. 친구도 하나 둘 떠나갔다.

나는 매일 리차드를 끌어안고 머리를 쓰다듬으며 리차드의 슬픔을 달래주려고 노력했다. 아들의 죽음에 대한 나의 슬픔, 아버지를 잃은 리차드의 슬픔, 비교할 수 없을 정도로 모두 다 크지만, 많은 시간을 살아오며 터득한 나의 인내와 마음 다스림이 리차드에겐 없다는 생각에, 그 녀석의 마음을 치유하러 나의 슬픔을 마음속에 감추어야겠다는 생각이 들었던 것이다.

나는 리차드를 혼자만 있게 하지 않으려 노력했다. 하지만 리차드는 우울한 얼굴로 나와의 대화에 좀처럼 끼어들려고 하지 않았다. 내가 이것저것 말을 걸면 네, 아니오와 같은 짧은 대답으로 소리만 낼 뿐, 생각을 하는 문장이나 궁금한 것들을 절대 입 밖으로 내뱉지 않았다.

나는 아첵에게 손자 녀석을 주말에 데려간다고 말했다. 아첵은 내가 별을 보러 갔다가 친해진 북미 원주민 추장이다. 사람들을 많이 만났지만 이렇게 맑은 눈을 가진 사람은 지금까지 본 적이 없다.

아첵은 그를 아는 사람들 사이에는 영혼을 그리는 마음의 화가로 알려져 있다. 아첵은 상대가 말하는 이야기나 손짓, 제스처, 억양, 얼굴의 표정 등을 하나도 놓치지 않고 관찰하고 항상 올바른 대답을 해주었기 때문이다.

그와 이야기를 하고 있으면 복잡한 이 세상의 틀에서 잠시 벗어나는 환상을 경험하기도 한다. 그의 집에서 밤을 새며 이야기했던 많은 날들의 기억들이 아직도 생생하다.

아첵은 나에게 지구의 영혼이란 단어를 꺼낸 적이 있다. 행성들에게도 영혼이 있다는 것이다. 아첵은 생명을 품을 수 있는 모든 행성들은, 반드시 진화과정을 통해 지적인 동물들을 탄생시킨다고 했다.

그리고 행성 전체의 생태계와 환경, 모든 동식물들의 균형을 잡아 줄 자신의 뇌세포와 같은 존재를 선택한다고 했다. 생명체들이 각각 가지고 있는 영혼처럼, 행성들에게도 생명체들의 정신들이 모여 이루어진 집단적 영혼이 필요하다는 것이다.

행성 자체의 진화과정에 생명체들의 진화과정이 포함되어 있다는 뜻이다.

아첵은 나에게 많은 것들을 경고했다. 인간들의 파괴행위가 너무 도를 넘어섰다는 것이다.

아첵의 과거 부족들은 먹고 마시고 삶을 이어가는 모든

생활에서, 자연을 숭배하고 감사하는 근본적인 마음을 가지고 있다고 했다.

 하지만 지금은 과학과 풍요로움을 중요시하는 현대문명 때문에 지켜야 할 많은 것들이 이미 파괴되었고 사라지고 있다는 것이다.

 더구나 어머니 지구의 맑은 정신과 혼탁해진 인간들의 정신이 이제는 잘 연결되지 않고 혼선이 많아져, 인간들은 곧 큰 위험에 빠질 것이라고 했다.

 원래 인간들의 위치는 지구의 영혼이 될 위치에 있었는데, 지금은 공룡들처럼 지구에 불필요한 존재가 되어가고 있고, 아예 멸망의 길로 가게 될 지도 모른다는 것이다.

아첵은 나에게 하나의 맑은 생명을 탄생시키기 위해서
는 온 우주의 힘이 필요하다고 했다.

그리고 생명체들이 올바르게 성장하고 진화하기 위해
서도 온 자연의 힘이 필요하다고 했다.

생명체를 대할 때는 어머니와 같은 온 우주의 마음으로
대하여야 맑고 깨끗한 자연의 영혼이 우리와 연결된다
고 가르쳐주었다.

나는 아첵의 마음을 치유하게 하는 능력이 리차드에게
도 필요하다는 것을 알았다.

그래서 리차드를 아첵에게 주말을 이용하여 매주 데리
고 다녔다. 눈이 와서 길이 미끄러운 추운 겨울에도, 비
가 억수같이 쏟아지는 더운 여름에도, 나는 한 번도 빠
지지 않고 리차드를 그에게로 데려갔다.

그리고 마침내 리차드는 내 생각대로 아첵으로부터 마
음의 치유를 받기 시작했다.

점점 말을 하기 시작했고 운동장에도 나갔으며, 엄마의
소원대로 공부도 열심히 하기 시작했다.

그리고 지금은 어느덧 훌륭하게 자라 의사가 되기 위해
의과대학을 다니고 있다.

나는 이런 리차드가 아주 대견스럽고 감사하다. 그는 정
말 어려운 일을 잘 참아가며 극복해 냈다. 그리고 이제
는 남을 도울 수 있는 위치에 있게 되었다.

 나에게 마티라는 소녀가 나타났다. 내 제자 알렉스의 딸 마티는 무척 독특했다. 이렇게 감성이 풍부하고 속이 깊은 아이는 처음이다.

 이 소녀는 자신의 내면들의 위치를, 대화와 표정과 목소리에 모두 실어 나르는 능력이 있다.

 내가 그녀의 내면에 존재하는 그녀의 본 모습의 위치를 파악하려면 아주 오랜 시간이 필요할 것 같다는 느낌이 들었다. 무당이 마치 임산부 배 속에 든 아기의 모습을 손으로 만지며 그려 나가듯, 그녀가 말하는 이야기 속에 담긴 흔저기관들을 찾는 일들은 보통이 아닐 듯싶었다.

 그녀의 아버지 알렉스의 말을 들어보면, 이 아이에게

지금 가장 중요한 것은 그녀를 감싸 안고 있는 어머니에
대한 그림자에서 벗어나는 일이라고 했다.

알렉스는 마티를 자신의 슬픔과 예민한 감성에서 벗어
나도록 도와주라고 나에게 도움을 청했다. 그녀만의 독
특한 세상에서 빠져 나오게 하는 것이, 우리들이 해 줄
일이라는 것이다. 하지만 이 아이의 감성적인 생각을 다
치게 하면 오히려 부작용이 생길까 두렵다고 말했다.

7. 리차드(Richard)와 아첵(Achak)

 할아버지는 레이크우드 고등학교에서 교장선생님으로 정년퇴임을 하신 분이다. 그리고 지금은 자문위원으로서 학생들과의 대화를 나누시거나, 방과 후 취미 활동이나 체험학습에 도움을 주고 계신다.

 할아버지는 젊은 교사 시절부터 오하이오에 있는 북미 원주민 문화에 관심이 매우 깊으셨다. 시간이 되면 학생들을 인솔하여 오래된 유적지를 구경시켜 주었고, 전통 문화나 독특한 사상들을 찾아서 종종 학생들에게 소개시켜 주기도 했다.

 나는 어렸을 적에 할아버지가 가지고 계신 색깔이 있는 모래로 그림을 그리는 샌드 페인팅(Sand Painting)에 관심이 있어, 할아버지를 따라 여러 곳을 함께 다닌 적도 많았다.

 할아버지는 또 아마추어 천문가이시다. 할아버지와 함께 밤에 천체망원경을 들고 별들을 관찰하였던 여름밤의 많은 날들을 나는 잊을 수가 없다. 지금도 정말 소중한 추억으로 남아있다.

 하지만 할아버지와 행복했던 시간은 그리 오래가지 않

앉다. 이라크에서 아버지의 전사 소식이 들려온 것이다.
나는 아버지가 돌아가셨다는 소식을 듣고 엄청난 충격
을 받았다.

어렸을 때는 아버지가 장교라서 친구들에게 무척 자랑
도 하고 그랬었다. 그런데 용감한 아버지가 전쟁에 참여
하셨다가 돌아 가셨다니….

지금은 생명을 앗아 가는 전쟁이 죽도록 싫다. 전쟁에
참여해야만 하는 군인이라는 직업도 꼴도 보기 싫다. 종
교가 다르고, 생각이 틀리다고 싸우는 모든 인간들이 다
미친 것 같았다. 테러를 일으키는 사람들은 악마 같았고,
전쟁을 일으키는 정치인들은 환생한 마왕 같다는 생각
이 들었다.

그렇게 나는 말없이 세상을 저주하며 살았다. 사춘기의
나이지만 잘못 돌아가고 있는 이 세상을, 아버지의 죽음
을 통해 이미 알아버린 것이다. 미래가 보이지 않았다.
이런 추악한 세상에서 미래는 쓸데없는 허영심인 것 같
았다.

말이 없는 내가 걱정스러웠던 지, 어느 날 할아버지는
갑자기 나를 데리고 할아버지 친구인 아책의 집으로 가
셨다.

아책은 클리블랜드 다운타운에서 멀리 떨어져 있는 쿠
야호가 계곡의 오래된 낡은 집에서 살고 계셨다. 굵고 마

른 통나무들을 이용하여 직사각형 모양으로 벽을 세워서 만든 작고 아담한 오두막이었다.

 아첵의 나이는 할아버지보다 많았지만, 그는 아주 건강했고 독수리와 같은 깊은 눈을 가지고 있었다. 길게 늘어뜨린 흰머리만 아니라면 나는 아첵이 할아버지보다 더 젊은 사람이라고 생각 했을 것이다.

 할아버지는 아첵에게 아버지 어깨에 그려져 있던 독수리 문신과 똑같은 문신을 나에게 해주라고 부탁했다. 아첵은 아무 말 없이 고개를 끄덕이더니, 검은 가루가 든 사기그릇을 가지고 나와 나에게 뾰족한 나무 끝을 이용하여 어깨에 그림을 그려주었다.

 몇 주 뒤 지워지는 헤나 문신이었다. 하지만 아첵이 해준 문신은 아버지가 했던 문신과 정말 똑같았다.

 아버지는 육사를 졸업할 때 기념으로 독수리 문신을 오른쪽 어깨에 하셨었다. 세월이 지나면서 약간 빛이 바랜 문신이었지만, 그래도 나는 멋있다는 생각이 들어 아버지의 어깨를 항상 만지작거리곤 했다. 한 번은 내 어깨에도 똑같은 독수리 문신을 해달라고 울면서 조르기까지 했다.

 할아버지께서는 시간이 지나면 지워지는 헤나 문신이지만, 그 문신이 지워지기 전까지 여기 있는 추장 아첵을 가끔 만나, 그와 이야기를 나누었으면 좋겠다고 하셨다.

내가 대답이 없자 할아버지는 비로소 비밀 한 가지를 말씀해 주셨다.

 아버지 어깨에 있는 독수리 문신을 해 주신 분이 바로 아첵이라는 사실을 말씀해 주셨다. 그리고 아버지 역시 청소년기 때 아첵의 지혜를 들은 전수자중 한 명 이라고 하셨다. 나는 아첵이 아버지를 가르쳤던 스승님이라는 말에 무의식적으로 아첵을 쳐다보았다.

 아첵은 아버지와 같은 독수리 문신을 한 나를 보고, 에릭과 꼭 빼닮았다며 조용히 포옹을 해주셨다.

 그리고 조용한 목소리로

 '착한 아이. 착한 아이.'

 라며 반복적으로 말씀하셨다.

찰스 할아버지는 옆에서 조용히 웃으시며, 어리둥절하여 천정만 바라보고 있는 나를 향해 괜찮다는 뜻으로 고개를 끄덕거리셨다.

아첵은 우리들에게 집에서 끓이고 있던 따뜻한 차를 따라주었다. 찻잔에서는 볶은 옥수수의 구수한 냄새가 풍겨져 나왔다.

내가 차를 다 마시자, 아첵은 처음 만나 어색해 하는 나의 손을 잡고 집 밖으로 데리고 나갔다.

그리고 쿠야호가 계곡 근처 강가에 자리를 잡고, 나와 함께 앉더니, 오랜 시간 아무 말 없이 주위를 바라보며 조용히 웃고만 계셨다. 나는 옆에서 흘러가는 강물만 멍하니 바라보았다.

저녁이 되어 어두워지자 아첵은 나를 데리고 다시 집으로 들어갔다. 그리고 찰스 할아버지와 함께 감자와 채소로 저녁식사를 만들었다.

나는 소금 외에 아무 양념도 되어있지 않은 음식이 입에 맞지 않아 찰스 할아버지가 가져온 빵을 대신 먹었다. 두 분은 조용히 대화를 나누시며 천천히 드셨다.

한참 후 식사가 끝나자 아첵은 또 나를 데리고 밖으로 나갔다. 밖은 이미 어두운 밤이었다. 하지만 둥그런 보름날이 구아호가 계곡을 환하게 비추고 있어 주의의 사물이 어느 정도는 식별이 되었다.

아첵은 똑같은 자리의 강가에 다시 앉았다. 그리고 또 조용히 밤하늘과 강을 번갈아 보시며 아무 말도 안 하셨다.

나도 조용히 하늘에 떠 있는 별들에만 집중을 했다. 할아버지께 배운 별자리들을 맞추어 보며 시간의 흐름에 마음을 맡겼다.

늦은 밤이 되자 찰스 할아버지가 내려와 집으로 가자고 했다. 나는 아무 말 없이 할아버지를 따라 갔다.

떠나는 차 앞까지 따라와 아첵이 배웅을 해주었다. 아첵은 떠나는 나에게 빙그레 웃어주셨다. 아첵의 깊은 미소가 유달리 달빛에 빛나 보였다.

나는 집에 돌아와서도 아첵과의 만남을 한참 동안 생각하며 뒤척이다가, 샤워를 하고 깊은 잠에 푹 빠졌다.

할아버지는 토요일마다 특별한 일이 없으시면, 나를 데리고 아첵의 집에 가셨다.

 아첵은 앉아 있는 장소만 바뀔 뿐, 언제나처럼 조용히 나를 데리고 앉아, 미소만 지으신 채 어깨를 토닥거리거나, 저곳을 한번 보라고 손짓만 간혹 하셨다. 그리고 그가 가리키는 곳에는 어김없이 다람쥐와 같은 작은 동물들이 뛰어 놀거나, 물고기들이 헤엄을 치고 있었다.

 어느 밝은 보름달이 계곡을 환하게 비춘 날, 나는 처음으로 나에게 말하는 아첵의 목소리를 들을 수가 있었다.

 '나의 아들아!
 너의 슬픔은 온 자연이 함께 하고 있단다.
 이 세상 모든 것이 너와 함께 아파하고 있으며,
 너와 같이 회복되기를 기다리고 있단다.
 바람의 소리를 들어 보렴.
 바람이 너를 치유해 줄 것이고,
 하늘의 침묵에 귀를 기울여 보렴.
 고요함이 너에게 평화를 가져다 줄 것이다.
 자연에게 너의 슬픔을 털어 놓아라.
 어머니 자연이 모든 것을 치유해 줄 것이다.'

그리고 다시 미소를 머금은 채 내 머리를 쓰다듬어 주셨다. 나는 아첵의 말이 무슨 뜻인지 잘 몰랐다. 아첵의 눈만 멀뚱멀뚱 쳐다보았다.

돌아오는 길에 운전을 하고 계시는 찰스 할아버지에게, 바람과 침묵에 귀를 기울리라는 소리가 무슨 뜻인지 물어보았다.

할아버지께서는 나에게

'원주민들은 죽은 자의 슬픔보다도, 살아있는 자들의 마음속에 남겨진 죽음을 더 비극으로 생각한단다. 그런 슬픔을 극복하는 것도 살아있는 자들의 의무이자 지혜라고 생각하는 것이지. 아첵은 너에게 그런 슬픔을 이겨낼 용기와 지혜를 주려고 하고 있는 것이야.'

라고 말씀하셨다.

일주일 뒤 다시 만난 아첵이 나에게 자연을 느끼는 방법을 조금씩 가르쳐 주셨다.

"지금은 아무 소리가 안 들리지? 하지만 시간이 지날수록 이곳에 얼마나 많은 소리가 존재하고 있는 지 놀라게 될 거야. 강물이 흐르는 소리. 바람이 나뭇가지와 부딪히는 소리. 풀벌레 울음소리. 심지어 구름이 흘러가는 하늘의 모습과 바람에 실려 오는 자연의 냄새까지 느끼게 될 거야."

"…"

"침묵을 마음속에 삭히지 말고
자연에 서서히 내뿜어라.

　자연은 모든 것을 받아주고
모든 것을 정화를 시켜준단다."

"네…."

"그래! 이제야 말을 하는 구나! 너의 할아버지 찰스와는 오랜 시간 함께한 친구이지. …그런데 찰스가 너희 할머니를 저 세상에 보낸 후, …너희 아버지를 데리고 나를 찾아왔었지. 너희 아버지도 너처럼 말이 아주 없었거든…."

"-아! 아버지도 할머니 때문에 할아버지가 데려오신 것이군요…."

"그랬지. 너하고 똑같단다. 아버지 말을 꺼내니 이제 흥미가 생기는가 보구나."

"…"

"너처럼 말없는 에릭에게도
자연을 듣는 법을 먼저 가르쳤단다."

"아버지도…,
저처럼 말이 없으셨나요?"

"그랬었지….
하지만 나중에는 사자와 같이 용감한 자가 되었지."

"…"

"언젠가 에릭과 함께 숲속 나무 위에 올라가 늑대 무리
를 본적이 있었단다. 나는 에릭에게 늑대무리의 우두머
리와 인간들 우두머리와의 공통점을 물어 보았다. 그때
에릭이 대답하기를, 우두머리들은 자신의 무리를 위해
헌신적으로 앞장서서 불굴의 정신으로 용기 있게 이끌
어 나가며, 지혜와 본능을 바탕으로 무리의 번영에 앞장
선다고 했지. 그래서 나는 에릭에게 너도 커서 그런 위
치의 훌륭한 사람이 되라고 했단다. 그리고 물론 나중에
에릭은 정말 훌륭한 장교가 되어서 나에게 찾아왔단다.
난 에릭에게 독수리의 눈을 가지라고, 육사 졸업기념으
로 에릭의 어깨에 독수리 문신을 해주었단다. 우리 부족
의 전통에는 위대한 전사에게 독수리 문신을 해주는 관
습이 있었기 때문이다."

"그랬었군요…."

"너의 존재는 아버지처럼 소중하단다. 에릭은 네가 큰 슬픔도 충분히 극복하며, 이 어려운 세상을 보다 더 밝고 힘차게 헤쳐 나갈 수 있다고 믿고 있을 것이다. 나는 내 아버지의 유언대로, 생전에 7명의 사람들에게 조상님들의 지혜를 모두 전수해 주기로 했단다. 너까지 포함하여 이제까지 모두 6명을 두었다. 앞으로 너와 주말에 만나 많은 시간을 보내며 대화를 나누겠지만, 나는 너에게 그림자와 같은 존재로 만 가만히 옆에 있을 것이다. 나는 너의 마음을 관찰하는 조용한 관찰자이며 영적 교류자이다. 가끔씩 말로써 너의 생각과 정신의 방향을 인도하고 도움을 주기는 하겠지만, 고요한 지혜는 바로 너의 마음속에 있다는 것을 절대로 잊지 말거라."

세 번째 만남에서 내가 처음으로 아첵에게 먼저 말을 걸고 꺼낸 질문은, 생명체들은 왜 꼭 태어나고 자라서 죽어야만 하는 자연의 소모품 같은 것이냐는 거였다.

아첵은 천천히 웃으시더니 나에게 대답했다.

불완전한 생명체는 반드시 죽음이 필요하다는 것이다. 우주의 본질은 완전한 생명체를 얻기 위해 불완전한 생명체를 끊임없이 소모시키며 진화한다는 원리였다.

생존의 본능에만 몸부림치는 모든 생명체들은 자신의 몸을 만들고 유지시키기 위해, 식물들에서 영양분을 얻거나 다른 동물들을 죽이고 살아가지만, 자연의 변화와 진화를 위해서는 반드시 자기 자신도 죽어, 몸과 마음의 양분이 자연의 영혼과 만물의 거름이 되어야 한다고 했다.

그리고 인간들은 너무 불완전한 존재이기 때문에, 반드시 죽음이 필연처럼 있어야 인간들의 탐욕과 욕심이 억제되고 조절이 될 수 있다고 했다.

그리고 아첵은 인간들에게 선한 영혼을 물들이기 위해서는, 그들에게 다가가 깨닫도록 불을 지펴 줄 지혜로운 사람들이 많이 필요하다고 했다. 그러한 사람들은 과거부터 지구 곳곳에서 탄생되고 있는데, 아첵도 그런 부분의 일원으로서 지금 자신의 할 일을 다하고 있으며, 그 중 한 명이 나중에 또 내가 될 것이라고 말씀하셨다.

"나는 선조들에게서 우주의 가치가 모든 생명체 하나 하나에 다 들어있다는 것들을 배웠단다. 인간들의 과거, 현재, 미래가 교차되는 시공간의 원리란 아주 간단한 것이란다. 그냥 모두 함께 맞물려 유기체처럼 변화되고 있는 것이다. 미래의 내가 지금의 나에게 영향을 미치고 있고, 과거의 내가 지금의 나를 변화시키고 있으며, 또 현재의 내가 미래와 과거의 중간에서 매개자처럼 변화를 주도하고 있는 것이란다."

"어려워요….."

"무슨 말인지 지금은 이해가 잘 안되지? 나중에 천천히 알게 될 것이야. 나는 나와 대화를 나누는 사람들이 우물 안의 개구리처럼 좁은 세상에 갇혀 있지 않고, 밖으로 나오길 바란단다. 사실 돈과 힘과 권력에 미쳐있는 도시의 사람들은 지금도 어두운 동굴 속에 갇혀 살고 있단다. 밖으로부터 오는 밝은 빛에 등을 돌리고, 동굴 속에서 만든 스스로의 빛에 의해 그들 모두가 이 세상을 보며 살고 있지. 이 좁은 동굴에서 탈출하려고 하지를 않지. 앞으로 너는, 너의 감정에 따라 자신의 운명을 맡기는 그런 어리석은 짓을 하면 안 되고, 어려움과 슬픔을 이겨 내고, 빛이 있는 곳을 찾아 모험을 즐겨야 한다.

우주의 섭리란 우주 사신을 이해하여 더 발전시킬 수 있는, 지혜를 담고 있는 자신의 부분을 탄생 시키는 것이란다. 생명현상이란 작은 우주의 씨앗을 만드는 과정이며, 우주란 존재를 인지하는 우리가 바로 작은 우주의 일부분이란다. 찰스는 그것을 뇌세포라고 표현을 하더구나. 지구의 뇌세포, 우주의 뇌세포."

"우주 자신이 만든 물질이, 스스로 자신임을 깨닫고, 그리고 또 우주의 진화에 뇌세포의 존재로서 역할을 하는 것이, 진정한 생명체의 진화과정이라는 것이군요…."

"역시 찰스의 손자야! 정말 똑똑하구나! 이렇게 말 한 번에 다 이해를 한 사람은 너 밖에 없는 것 같구나! 자 다음부터는 명상을 하는 방법을 가르쳐 주겠다. 조용히 자연을 바라보며, 자연 속에 감추어진 평화와 조화의 에너지를 느낄 수 있는 수련법이란다. 생각을 어디에 두고, 마음속에 무엇을 그려야 하며, 호흡을 어떻게 느리게 하는 지만 안다면 아주 쉽단다."

8. 헬렌 (Helen)

나는 인간이 아니다.
그렇다고 살아있는 생명체와 같은 그런 존재도 아니다.
솔직히 나는 인간들을 몰래 도와주고 있으나
인간들은 전혀 그런 사실을 느끼지 못하는
보이지 않는 에너지와 같은 것이다.
굳이 알기 쉽게 표현하자면
발생되는 원인과 결과에 대한 잠재적 중개자?
모든 인과관계를 연결해 주는 그림자 같은 에너지?
본질적으로 말하면 나란 존재는
인간들 개개인의 의식에서
방향을 정하는 연결점이자
집단의식에 관여하고 있는 정신 에너지이다.
크게는 생태계의 전체적 현상을 조화롭게 이끌어나가며
생성과 소멸에 관여하는 조화의 기운이기도 하다.
과학적으로 인간들은 나를 확률로 생각하고 있다.
하지만 내가 하는 일들은 주사위 놀음이 아니다.
현실을 변화시키려고 하는
정신세계의 진화과정이라고 생각하면 된다.

나는 지금까지 인간들의 모든 일에
알게 모르게, 깊숙이, 그리고 은밀하게 관여해왔다.
극소수의 인간들을 제외하고는
아무도 눈치를 채지 못한다.
사람들은 때때로 나를 행운
또는 운명으로 부르기도 한다.
하지만 나는 천사, 희망이란 단어를 가장 좋아한다.
사람들은 각자의 상황에 따라
나를 예찬하기도 하고, 저주하기도 한다.
행복이나 돈이 필요할 때는 나를 갈망하고
불운이 겹치거나 아프면 나에게 욕을 퍼붓는다.
사람들은 행운의 원리에 대해서 잘 모른다.
절실함과 긍정적인 노력이 시작되면
행운을 오게 만드는 에너지가 발생되고
점차 시간이 흐를수록 가능성도 증폭되어
실현성이 아주 높아진다는 사실을 말이다.
인간들의 격언대로 표현하자면
각자의 의지가 현실화 과정에 가장 중요하다는 뜻이다.
추구하는 모험과 노력이 없다면
얻는 것도 없다는 것을 깨달아야 한다.
나는 필요한 곳에는 동시에 여러 곳에 존재하기도 하고,
때로는 한 곳에 집중하기도 한다.

다른 차원의 미묘한 정신적 에너지라서 그런지
많은 사람들은 대체적으로 나를 인지하지 못한다.
하지만 어디에나 그러하듯
감수성이 예민한 소녀처럼
아주 미약한 에너지도 전율처럼 느끼는 사람들이 있다.
작가나 예술가….
그리고 창조성을 필요로 하는 자들….
이들은 나를 영감(靈感)으로 부르기를 좋아한다.
그러고 보니 사람들에게 영감이란 단어로
나를 표현하는 것이 가장 적합한 선택인 것 같다….
나와 하나가 된 헬렌도 그런 부류의 한 사람이다.
그런데 지금 헬렌과의 공명현상이 흔들리고 있다.
서로의 주파수가 다시 분리하려 하는 것이다.
심령술사 헬렌이 왜 오늘은 다르지?
나와 일체가 되지 못하는 것이지?
그녀에게 무슨 일이 있는 것인가?

…아…, 심령술사의 의식이 오늘은 말끔히 되지 않은 느
낌이다. 인간들의 운명을 보기 위해서는, 내 정신이 육신
을 넘어 영감과 연결되어야 한다.
 개인 간을 연결시키는 정신세계와 교집합을 형성하지
않으면 나의 능력은 사라진다. 그런데 오늘은 접촉이 되

었다 안 되었다 불안정하다. 왜 이럴까?

머리가 상당히 무거운 것 같다. 브런치를 먹지 않고 시작해서 그런 걸까? 아니면 어제 먹은 포도주의 숙취현상 때문인가?

벌써 정오가 되었는데도, 마음이 명상 속으로 빠져 들어가질 않고, 자꾸 현실 밖으로 나오려 한다. 혹시 찰스가 데려오기로 한 소녀 때문일까? 찰스는 마티라는 소녀를 아첵에게 데려가기 전, 먼저 나에게 소개시키고 싶다고 했다.

찰스는 그 소녀가 나처럼 인간들의 내면을 들여다 볼 줄 아는 제3의 눈을 가지고 있는 것 같다고 했다. 현실과 중첩하여 세상을 바라보는 내면의 눈. 그런 인간은 몇 년에 한 번 보기 드물다. 그녀가 만약 내가 찾는 존재라면? 그녀에게 내 능력을 지금부터 가르쳐 주어야 할까?

그런데 걱정스러운 것이 한 가지 있다. …과거에 찰스의 아들 에릭이 갑자기 전사하였을 때, 손자 리차드가 한참 방황을 했었는데, 그는 오늘처럼 나에게 리차드를 데려왔었다.

…그럼 혹시 그 소녀도…,

혹시 어떤 큰 슬픔을 겪고 있는 소녀일까?

9. 찰스(Charles)와 헬렌(Helen)

헬렌은 심령술과 타로카드를 이용하여 그녀를 찾아오는 고객들에게 운명과 행운과 미래를 말해 준다.

헬렌은 젊었을 때 뉴욕에서 잘 나가는 기자였다. 그녀의 인생은 라틴 아메리카에서 일어나는 콘도르 작전을 취재하러 남미 특파원으로 급파되면서 꼬이기 시작했다. 콘도르 작전은 라틴 아메리카의 여러 정부가 합동으로 자신들의 정권에 반대하는 사람들을 대상으로, 공작원들을 시켜 암살과 탄압 활동을 한, 믿을 수 없는 거대한 정치적 만행이었다.

콘도르 작전이 워낙 드러나지 않고 은밀하게 진행되는 탓에, 그녀는 현지 기자의 도움을 받으며 취재를 했었다. 콘도르 작전의 실체를 파악하기 위해 아르헨티나에 머물며, 볼리비아, 칠레, 우루과이, 파라과이 등을 수시로 드나들었고, 아르헨티나에서 도움을 주는 한 젊은 기자와 친해졌다.

그리고 그들은 동고동락하며 서로의 생각과 성격이 비슷한 것을 느꼈는지, 우정과 사랑을 나누게 되었고, 결국 연인관계에까지 이르게 되었다.

그런데 문제는 그녀가 사랑하게 된 그 아르헨티나 기자가 갑자기 실종이 된 것이다. 그녀는 하늘이 무너지는 슬픔을 느끼며, 주변의 도움을 받아 그녀의 애인을 찾기 위해 온 힘을 다했다.

하지만 그녀는 결국 그를 찾지 못했고, 아르헨티나 정부를 상대로 취재를 하다가 붙잡혀, 강제적으로 미국으로 추방되는 사태까지 겪었다.

몇 달 뒤, 그녀는 미국 정보원의 도움으로 이름과 신분을 조작하여 다시 아르헨티나로 들어갔다. 그리고 그를 찾기 위해 일 년을 소모하였다.

하지만 아무런 단서도 찾지 못했다. 다만 그녀가 온갖 죽음의 위협을 무릅쓰고 찾아낸 건, 라틴 아메리카에서 수만 명이 살해당한 콘도르 작전을 미국이 암묵적으로 승인하였다는 어처구니없는 정보였다.

그녀는 이와 같은 사실들을 잡지에 내려고 시도하였다. 하지만 뉴욕에 있는 편집장이 허락하지 않아 그녀의 기사는 빛을 보지 못했다.

그녀는 사랑하는 사람을 잃은 절망과 회사에 대한 실망감으로 미국으로 돌아가지 않고 회사에 사표를 던졌다. 그리고 한 동안 아르헨티나에 머물렀다.

그녀는 안데스 산맥에 살면서 그녀의 마음을 치유해 나갔다. 명상을 하러 다니며, 그곳 원주민들에게 많은 도움을 받았다. 그러다 우연히 한 늙은 심령술사를 만나, 운명을 점치는 방법과 명상법 등을 배우게 되었다.

그녀는 그녀를 가르쳐 준 스승이 병이 들어 안데스 산맥에 묻히자, 스승의 유언대로 미국으로 다시 돌아왔고, 지금은 타인의 운명을 봐주는 심령술사가 된 것이다.

내가 헬렌을 처음 만난 것은 클리블랜드의 올드 하우스라 불리는 낡은 집에서였다. 그녀는 사람들의 행운과 사주를 잘 봐준다고 지역에서는 꽤나 널리 알려진 심령술사였다.

당시 나의 아들 에릭은 육사를 막 졸업한 건장한 청년이었다. 그리고 졸업 기념으로 아첵에게서 독수리 문신을 받았고, 군대에 들어가기 전 그의 운명을 점치고 싶다고 하여, 나와 함께 헬렌의 집에 갔었던 것이다.

그녀는 에릭의 운명을 봐주기 전, 에릭 어깨에 새겨진 독수리 문신을 보더니 갑자기 그녀의 어깨에 있는 콘도르의 문신을 보여주며 비교를 했다. 크기와 머리 모양이 약간 달랐지만 전체적인 분위기는 엇비슷했다.

그녀는 자신의 문신은 안데스 산맥에 있는 라틴 아메리카 원주민에게서 받은 것인데, 누가 이 문신을 그려 주었냐며 에릭에게 물었다. 나와 에릭은 그녀에게 아첵에 관한 이야기를 해주었고, 그녀는 흥미롭다며 그를 한 번 꼭 만나보고 싶다고 하였다.

그리고 며칠이 지난 어느 날 우리는 함께 쿠야호가 계곡으로 가서 아책을 만나게 되었고, 지금은 우리들 모두 서로를 의지하는 아주 친한 친구들이 되었다. 아책은 헬렌에게도 나처럼 누구든지 자신과 대화를 원하는 사람을 데려올 수 있는 아책의 초대장을 주었다. 이 초대장은 아책이 말한 무지개 전사의 증표이다. 헬렌도 마침내 무지개 전사가 된 것이다.

학생들과 함께 인간들의 잔인함에 몸과 마음이 부르르 떨렸던 그때가 아직도 기억에 생생하다. 2001년 9월의 뉴욕 테러사건은 수많은 사람들의 생명을 앗아갔다.

마티의 엄마 역시 뉴욕의 세계 무역센터 붕괴 때 억울하게 죽었다. 그곳에서 희생된 사람들은 모두가 무고한 시민들이었다. 그 날의 충격과 공포감은 모두에게 크나큰 마음의 상처를 입혔다. 암흑과도 같은 기나긴 하루였고, 인간에 대한 믿음이 흔들리는 시간들이었다.

마티 어머니의 죽음은 어린 마티의 심장에 아픈 상처를 내었다. 나의 고등학교 제자이자 마티의 아버지인 알렉스는 부인이 너무 안 좋은 일로 죽자, 뉴욕에서의 일을 잊기 위해 딸과 함께 부부의 고향인 이곳으로 이사를 왔다. 그는 이곳 오하이오 족부의과대학을 졸업한 족부전문의였다. 가족이 행복하게 지냈던 뉴욕에서의 개업생활을 접고, 이곳 클리블랜드로 이사하여 개인 클리닉을 다시 낸 것이다.

 하지만 마티는 고등학생이 되어서도 날마다 몰려오는 슬픔에 가끔씩 방안에 앉아 울기만 하거나, 엄마를 생각하기 위해 이리 호숫가에만 간다고 했다.

 알렉스는 딸 마티를 어떻게 도와줄 수 없느냐며 최근 나에게 간청을 했다. 그는 내가 과거에 내 아들 에릭이 죽었을 때, 리차드를 아첵에게 소개시켜 도움을 받았던 사실을 얼마 전 나에 대해 잘 알고 있는 그의 단골 환자에게서 우연히 들었던 것이다. 나는 불쌍한 알렉스를 위해 그의 부탁을 흔쾌히 들어주기로 했다.

마티를 집으로 보내고 난 후 헬렌과 함께 저녁식사를 하였다. 그리고 밖으로 나가 산책을 하며 이리 호숫가 주위를 여유롭게 걸어 다녔다.

한 꺼풀 내려앉은 두터운 어둠이 사라지는 노을빛을 배웅했다. 멀리서 불빛들이 점점 생겨나기 시작했고, 길가의 가로등들도 단순했던 삼차원적 공간에 빛을 칠하기 시작했다.

"내 제자 알렉스의 부탁이죠. 마티는 엄마와 함께 뉴욕의 월스트리트 근처에 있는 배터리 공원에 자주 놀러 갔었는데, 이곳 이리호수에는 갈매기가 많아 뉴욕의 배터리 공원과 닮은 데가 있다고 하더군요. 그래서 알렉스는 이리호수에 있는 갈매기들과 놀기 위해 마티를 어렸을 때부터 데리고 호숫가로 자주 갔다고 해요. 하지만 마티는 엄마에 대한 추억에만 집착하여, 아직도 이곳에서만 맴돌며, 그에게 걱정을 많이 시키나 봐요. 나는 며칠 전 알렉스에게 마티의 슬픔을 없애주라는 간곡한 부탁을 받았어요. 알렉스는 내 손자 리차드에 대한 일들을 알고 있었으므로, 아마도 마티에게 도움이 될 것 같아 나를 선택한 것 같아요."

"그래서 마티를 저에게 데려왔군요…. 오늘은 직접 대화를 해 보니 내가 생각했던 그 이상이에요. 너무 천진난만하다고 해야 할까? 이렇게 깨끗한 영혼의 소유자는 아책 이후로 정말 오랜만에 만난 것 같아요."

"마티에게서는 어떤 낯설음이 느껴지지 않죠?"

"맞아요. 그녀는 그녀만의 어떤 기운을 뿜어내고 있어요. 그런데 이상한 건 슬픔을 쉽게 떨쳐 버릴 수 있을 것 같은 성격인데 전혀 그렇게 하지 못하고 있더군요."

"그녀의 운명은 어떻게 나오던가요?"

"마티가 뽑은 타로카드들을 보니, 처음 보는 이상한 조합이 뜨더군요. 물론 내가 다루고 있는 타로카드들의 수가 다른 사람들이 하는 종류보다 4배가 많기 때문에, 굉장히 다양한 조합이 생기기도 하지만, …그녀의 조합은 자연 전체와 연관이 있다고나 해야 할까? …아니면 우주 전체와 인연이 있다고 해야 할까? 참 이상해요. 그녀는 모든 것에 연관되는 그런 운명인 것 같아요. 모든 것에 자신을 내주는 백색의 도화지 같은 운명이더군요."

"헬렌에게서 그런 말은 듣는 것은 처음이군요."

"그렇죠? 지금은 슬픔 때문에 자신을 잘 내세우지는 않지만, 상당히 똑똑하고 독특한 아이에요. 찰스가 대단한 소녀를 나에게 데리고 온 것 같네요. 아책도 무척 좋아할 것 같아요."

"헬렌이 가르칠 의향은 없는가요?"

"미티에게 심령술과 운명을 보는 법을요?"

"네."

"그녀는 나와 어울리지는 않아요. 마티에겐 다른 운명이 있어요. 그녀가 뽑은 타로카드 처럼요."

"그렇군요…."

"얼굴 표정을 보니 옛날 일들이 또 생각나시나 보죠?"

"그럴 수밖에 없죠. 아들 녀석도 헬렌의 타로카드들을 뽑았으니까요…. …나는 그때를 아직도 잊지 못하고 있어요."

"…나도 그래요. 그때 에릭이 뽑았던 카드들도 독특했죠. 큰 무지개가 있는 마을, 보름달을 향해 날아가는 새, 그리고 커다란 낫을 든, 영혼을 거두는 자의 그림이 그려져 있었죠. 지금에야 하는 말이지만…, 사실 그 당시 에릭이 뽑은 마지막 카드를 보고 난 숨이 멎었었어요. 이상해서 다시 뽑게 했는데, 젊은 사람이 죽음의 사신을 그린 그림을 마지막에 2번이나 뽑는 사람은 별로 없었거든요…."

"그때는 헬렌의 말을 웃어넘겼지만, 막상 아들 녀석에게 그런 일이 생기고 나니 새삼 헬렌의 직업이 다른 사람들에게 큰 영향을 미칠 수도 있다는 생각을 하게 되었어요. 그래서 이렇게 오늘 마티를 또 헬렌에게 데려 오고 싶었던 것이죠."

"이 직업은 사람들에게 희망을 주려고 시작한 거예요. 나를 가르쳐 주신 스승님이 죽기 전에 말씀하셨죠. 희망

을 가진 사람에게는 좋은 운명이 기다리고 있다고. 그래
서 우리와 같은 심령술사들은 돈을 벌려고 하면 안 되고,
새로운 희망을 만들어서 전해주어야 한다고 하셨어요.
그런 희망을 만들어 주는 것이 우리의 운명이래요. 하지
만 희망 속에는 불행도 있기 때문에, 진실을 다루기 위
해서는 반드시 슬픔도 전해주어야 한다고 해요. 다만 어
떻게 그 슬픔을 받아들일 수 있게 용기를 같이 주느냐가
심령술사들에겐 아주 중요한 일이죠."

"헬렌은 아첵과 비슷한 생각을 많이 하는 것 같아요."

"아첵에게서 많은 것들을 배웠으니 당연한 것 아니겠
어요? 아첵은 나를 가르쳐 주신 스승님과 비슷한 점이
있어요. 제가 생각하지 못했던 것들을 깨우쳐 주더군요.
그리고 그분과 이야기를 하고 있으면, 자연 전체와 이야
기 하고 있다는 생각이 자주 들어요."

"그렇죠?"

"인간들의 정신이란, 주위 환경과 하나가 되어야 비로
소 큰 그림을 그릴 수 있다고 하더군요."

"모든 생명체들은 자연의 에너지를 받아들일 수 있는
접촉점이 있다고 나도 배웠지요."

"네. 그래서 저는 아첵의 말처럼, 사람들에게 소유욕이
나 물욕 등, 어떤 것에 대한 욕심이 지나치면, 자신에게
오는 행운이 단절된다고 조심하라고 말해요. 그런 조언

때문에 사람들이 나를 더 찾아오고 믿어주는 것인 지도 모르고요."

"다음 주말에 마티를 데리고 리차드와 함께 아첵을 만나러 가는 것이 어떤가요?"

"다음 주말에는 토마스와 약속이 있어요. 그가 나와 꼭 상의할 것이 있다고 하여, 오래 전부터 잡아 놓은 약속이에요."

"그렇게 유명한 토마스도 어려움이 많은가 보군요. 헬렌에게 도움을 청하다니."

"사업가들은 다 그렇죠. 감정보다는 숫자놀음에 민감하잖아요."

"요즘의 현대인들은 모두가 다 그렇죠."

"마티의 일은 찰스가 시작했으니, 찰스가 아첵을 설득시켜야죠. 하지만 크게 걱정하지 마세요. 아마도 찰스보다 아첵이 마티를 더 좋아하게 될 것 같네요."

10. 마티(Marti)의 일기장

오늘 학교 생물시간에 배웠는데
1350g인 인간의 뇌중
가장 나중에 발달한 대뇌 피질의 전두엽이
인간들의 고차원적인 학습 및 언어, 연상, 기억, 인식 등
대부분의 지적 기능을 수행하고 있다고 한다.
그런데 그와 같이 합리적 판단이 길러져야 할 그 곳에
나는 돌연변이처럼
촉수기관인 더듬이가 길쭉하게 두 개 자라나 있다.
처음엔 나한테 이런 것이 있는 지도 몰랐다.
헌데 초경을 겪은 어느 날
감각기관이 흔적처럼 나에게 있다는 것을 발견하였고
인간들의 진화된 습관처럼
스스로가 그 사용법을 점차 터득하게 되었다.
나의 두뇌 운용체계는 원래 시각적인 면이 아주 강하다.
내가 겪는 사건들이나 갈등 등을
회화적으로 병렬방식으로 나열하여
히니히나 처리해 가는
옴니버스적 해결 방식을 택한다는 것이다.

하지만 나에게 건네준 감정적 자료들은

무의식 속에 깊숙이 들어가

영상정보로 잘 나오질 않는다.

나의 회화적인 두뇌 처리방식이 이미

이성적이고 합리적이지 못하게

치명적인 무언 가에 감염된 것이다.

나는 사람들을 바라볼 때

자폐증 같은 묘한 감각 기관을 가지고 있다.

혹시나 이런 현상이 정신과학적 해석에서나 있을 법한

무의식의 욕구가 외부로 강렬히 투사되어 나타나는

환각작용의 하나일 진 모르나

이런 것이 결코

그런 과학적인 해석으로 해결될 문제는 아니듯 싶다.

그리고 또 나에게는 남들이 가지고 있지 않는

거미줄 같은 끈들이 있다.

거미줄을 쳐놓고

누군가가 일단 내 영역 안으로 들어오게 되면

진동을 느끼고 그에게 다가 간다.

물론 그런 나의 최면술 같은 눈빛을 보고도

전혀 감응조차 느끼지 못하는 사람들도 많지만

대부분의 사람들은

나를 호기심 어린 눈으로 바라본다.

그러면 내 머리 속에서는
더듬이가 더듬더듬 자라나기 시작하고
이렇게 자란 더듬이는
어느새 상대방의 질퍽한 두뇌에 접근하여
촉수같이 예민한 더듬이 끝을 이용해
장님처럼 이곳저곳을 더듬어 본다.
뇌파를 감지하듯
타인의 생각과 감정을 알고 싶은 것이다.
난 이렇게 사람을 접하고 나면
그 다음 서로를 연결하기 위해
조그만 벌레구멍 같은 터널을 뚫기 시작한다.
나와 그 사람과의 심장 사이에
야금야금 구멍을 뚫어 접촉의 공간을 만드는 것이다.
우리 몸, 육체 깊은 곳에는
사람의 마음을 움직이는 에너지가 있다.
그런 심적 에너지를 느끼고 찾을 수만 있다면
타인의 감정을 읽는다는 것은
쉬운 일이라 생각한다.
모든 인간들에겐 끓는 용암같이
소용돌이치는 마음속의 수맥이 있다.
학교나 사회란 집단의 교육방식에서 생겨난
무의식적인 연결망이다.

하지만 대부분의 사람들은
그런 수맥의 존재를 알지 못한다.
수돗물이 콸콸 공급되는 현대 생활에
퍼 올리는 우물물이 필요 없듯이
그들에겐 그들의 수맥 찾기가 불필요한 것이다.
하지만 무의식 속에 숨겨진 수맥들만 찾으면
사람들의 마음은 저절로 연결된다.
자연스러운 삼투압 현상처럼
감춰져 있던 서로의 물길이
수맥이란 수도관을 통해 연결되는 것이다.
눈과 눈만이 마주치는 공간이란
마치 큰 우주가
그 사이에 자리 잡은 것처럼 넓다.
며칠 전 리차드와 마주친 눈빛에서
그런 느낌을 받았다.
타인과의 눈맞춤에서는
어두운 우주 공간을 유영한다는 느낌이었는데
리차드의 눈길은
나를 끌어들이는 힘이 있는 것 같다.
처음 느껴보는 이런 감정은 대체 무슨 현상일까?
엄마의 죽음, 리차드 아버지의 죽음,
이런 슬픈 추억에 대한 공감 때문일까?

찰스 할아버지와 함께 만난 헬렌도 독특한 분이셨다.
그녀의 맑은 두 눈이 아직도 기억에 생생하다.
그들에게 지혜를 전달해준 아첵은
과연 어떤 분이실까?
엄마처럼 천사의 날개를 가진 그런 분이실까?
오늘도 엄마가 꿈에 나타나주면 좋겠다.
며칠 전 아빠가 사 준 천사 인형을 꼭 안고 자야겠다….

11. 아첵(Achak)과 마티(Marti)

 나는 성인이 되어버린 사람들에게서는 그들의 언어에 감도는 보호막 같은 이상한 기(氣)를 느끼곤 한다. 그들이 말하는 억양이나, 표정, 성격 등의 묘한 반탄력 같은 기운이, 그들이 말하고 있는 언어에서 느껴지는 것이다.
 그런데 마티는 그렇지가 않다. 모든 것을 있는 그대로 받아들인다. 마티에게는 보호막 같은 것이 없다. 무슨 말이던 간에 일단 그녀에게 다가간 음의 파동은 그녀에게 흡수된다는 느낌을 받았다.
 그리고 마티의 사물을 바라보는 눈이 약간 독특하다. 그녀는 언어의 징검다리를 건너올 때마다 어김없이 그녀만의 독특한 감수성을 나에게 내비치곤 한다. 언어란 징검다리 앞으로 한발 한발 내디딜 때마다, 보통 사람들은 넘어지지 않으려고 다음 징검다리로 재빨리 건너려는 의식에만 몰두한다. 하지만 그녀는 건너가는 행위보단, 물속에 잠긴 그 징검다리란 존재에 더 집중을 한다는 것이다. 징검다리란 돌의 깊이와 튼튼함, 그리고 발끝에 전해오는 미미한 물의 온도까지 그녀는 느끼고 싶어 한다는 것이다.

나는 배타적인 선입관을 가지고 있는 많은 부류의 사람들을 만나보았다. 대부분의 사람들은 자기가 예상하지 못했던 일들을 겪게 되면, 그럴 수도 있겠다는 고개돌림 방식으로 흘려보내는 것이 정상이다.

그런데 이 아이는 자신에게 벌어진 일들을 아주 뚫어져라 깊숙이 바라보는 습관이 있다. 그런 습관의 반복적 노출이 이 아이에게 그녀만의 세계를 만들어 놓은 듯하다.

그녀의 마음속을 살펴보니, 빈 공간이 특이하리만치 크고 깊었다. 이런 큰 공간에서는 사유의 충돌현상이나 메아리의 진동현상 같은 것은 일어나지 않는다. 바로 마티의 장점이자 단점인 것이다.

찰스가 이 아이를 나의 마지막 전수자로 받아주라고 말한 이유를 알 것 같다. 이 아이의 빈 공간이 신비롭다고 찰스도 느낀 것이다. 깊은 심연의 어두운 바다 같기도 하고, 엷은 물밑 그림자를 간직한 맑은 연못 같기도 하다.

그녀의 얼굴표정은 하얀 도화지를 연상 시킨다. 모든 색의 물감에 활짝 열어젖힌 백색의 도화지. 타인에 대한 거부감이 전혀 없다. 리차드와는 달리 마티에게는 침묵이라는 고요함이 별로 필요해 보이지 않았다.

나는 마티를 데리고 집 옆으로 난 오솔길을 따라 뒤쪽에 있는 언덕으로 데리고 갔다. 언덕에는 여러 개의 봉긋 솟은 무덤들이 있다. 저물어가는 해를 가린 구름의 그림자가 길게 드리워져 주변에 있는 나무들과 더불어 고즈넉한 분위기를 자아내고 있었다.

"이곳은 우리 조상들을 모신 오래된 봉분이란다."

"오래된 무덤이군요."

"그렇지. 나는 무슨 어려운 일이 있을 때마다 선조들에게 지혜를 빌려달라고 항상 이곳을 찾아 명상을 하곤 한단다. 찰스의 말을 들으니, 너도 갈매기의 무덤을 즐겨 찾는다고 들었다."

"네. 엄마 생각이 날 때마다 그곳에 들려요."

"그래? 엄마가 너에게 용기를 주고 있는가 보구나."

"네…. 그런데 6명을 가르치셨다고 했는데, 4명은 알겠는데, 나머지 2명은 누구이죠?"

"내 전수자들이 궁금하니? 물론 친구라는 표현이 맞겠지만."

"저나 리차드처럼 공부하는 학생들인가요?"

"아니란다. 한 명은 클리블랜드 다운타운에 사는 60대의 상당한 재력가이다. 그의 이름은 토마스로 오래 전에 찰스처럼 이곳에서 만났지. 그가 쿠야호가 계곡에 별장 지을 곳을 찾던 중, 우연히 강가 근처에 있는 나의 오래된 집을 발견하고 내 집에 들어온 거야. 나는 스스럼없이 그와 밤을 새며 많은 이야기를 나누었고, 우리는 지금까지 아주 친하게 지낸단다."

"또 한 명은요?"

"나머지 한 명은 찰스가 데려온 그의 제자 스코트란다."

"토마스만 빼면, 모두 찰스 할아버지가 데려온 셈이네요."

"그렇지. 찰스는 나와 형제와 같은 사람이야. 나 역시 찰스를 존경한단다."

"스코트는 어떤 사람이죠?"

"스코트는 법학을 공부하고 졸업하여, 지금은 뉴욕 상원의원의 비서직을 하고 있는 젊은이란다. 성격이 아주 활달하고 언변력이 뛰어난단다."

"다양한 사람들이 이곳에 오고 있군요."

"그런 셈이지. 하지만 스코트를 본 적은 꽤 오래 되었다. 리차드처럼 지금 뉴욕에 있는데, 그가 바빠서 그런지 최근에는 보지를 못했다. 마티도 나중에 리차드처럼 그를 만날 기회가 있을 것이야. 자 이곳에 앉으렴. 리차드와는 강가에서 주로 앉아 이야기를 했었는데, 오늘은 너와 함께 이곳 언덕에서 밤하늘을 같이 보고 싶구나. 곧 있으면 별들이 나올 것이야."

나는 평평하고 넓은 바위를 골라 마티와 함께 앉았다. 별들이 나올 때까지 조용히 주위를 둘러보며 시간을 보냈다. 이윽고 작은 언덕 위 하늘에서 희미한 불빛들이 나타나기 시작했다. 나는 어두운 밤하늘에 떠 있는 무수한 별들이 나타날 때까지 좀 더 기다렸다.

밤바람 소리가 들려왔다. 날아가는 풍뎅이의 날갯짓처럼 들렸다. 나뭇가지를 두드리는 벌레울음 소리도 들렸다. 엄마의 미소에 대답하는 잔잔한 아이의 웃음처럼 들렸다.

잠시 뒤, 경기를 관람하는 관중들처럼 많은 별들이 서서히 우리들을 내려다보려 나타났다. 우리는 고개를 들어 올려다보았다.

"마티. 내가 가리키는 저기 저 하늘을 보거라. 별들이 참 아름답지? 저것이 북두칠성과 카시오페이아. 그리고 그 옆이 케페우스. 은하수에 걸쳐있는 저 삼각형은 백조자리의 데네브라는 꼬리별과, 은하수 강변에 위치한 거문고자리의 직녀성이란다. 저기 은하수 반대편의 저 밝은 별도 보이지? 바로 독수리자리의 견우성이란다. 항상 함께 다니며 우리들에게 길을 가르쳐 주지."

"전 북두칠성과 카시오페이아 밖에 모르는데, 정말 이곳에서 보니 여름철 별들이 아름답네요."

마티가 작은 탄성을 질렀다.

"저 별들과 친해지려면 오랜 인내를 필요로 한단다. 오랫동안 인내력을 가지고 꾸준히 별들을 지켜보아야만 저 별들이 우리들에게 그들의 위치를 알려 주지. 천문학자들은 매일같이 저 드넓고 광활한 우주를 보며, 별들의 탄생과 진화 그리고 그들의 소멸을 생각하면서, 이런 조그만 티끌 보다 못한 지구의 삶을 잊어버릴 수가 있단다. 사실 저런 거대한 우주를 관찰하다 보면, 우주에 비해 너무나 조그만 인간들에게는 갈등이나 슬픔 같은 것들은 다 찰나간의 부질없는 허상 같다는 생각이 들기 마련이지."

"…"

"어린 시절 난 아버지를 따라 산과 들에서 잠을 자며 자연과 함께 보냈단다. 그때 아버지께서는 밤마다 보았던 수많은 별들을 가르쳐 주며, 지구가 이 우주란 존재에 비하면 얼마나 작은 티끌보다도 못한 왜소한 존재인지 일깨워주셨지. 하지만 인간이란 존재가 비록 이 우주의 부분집합에 불과 하나, 모집합의 방향을 바꾸어 갈 수 있는 위대한 힘과 창조력을 가지고 있는 신성한 존재란 것도 가르쳐 주셨어. 많은 인간들이 돈과 욕심에 눈이 멀고 권력과 사리사욕을 위해 서로에게 온갖 만행을 저지르고 있지만, 인간들에게 올바른 방향을 가르쳐 줄 지혜로운 자들이 많아지면, 서서히 사회가 변화 된다고 우리들을 가르치셨단다."

"전쟁을 일으키고, 테러를 저지르고…, 지금의 인간들은 너무 악랄한 것 같아요…."

"너의 슬픔이 그들 때문에 생긴 것은 맞지만, 사실 착한 사람들이 더 많단다. 권력과 돈을 가진 소수의 사람들에 의해 많은 사람들의 행복이 사라지는 일들이 벌어지고는 있지만, 착하고 지혜로운 자들이 점차 많아지면, 미래에는 평화로운 세상이 될 것이야. 지금 인간이란 존재는 지구를 갉아먹는 기생충과 같은 존재이지. 하지만 곧 뇌세포와 같은 존재로 변화되고 진화할거야."

"인간들이 지구의 기생충에서 뇌세포로 변한다구요?"

"물론이지. 어렵지만 마티가 고등학생이므로 대충은 이해할 것이라 믿는다. 사실 이 우주의 진리는 아주 간단한 것이란다. 부분은 전체를 대변하고, 사소한 행동은 그 사건을 시발점으로 하여 모집단의 모든 사건에 영향을 미친단다. 다시 말해 인간들 개개인의 작은 의식 하나하나가 이 우주 전체의 지적 존재에게 영향을 미칠 수 있다는 것이지. 나는 모든 사람들이 스스로 인류 전체의 집단의식을 파악하고, 그 집단의식의 흐름을 알고 앞으로 나아갈 수 있는 방법을 깨달아야 한다고 생각한다. 내가 부족의 전설인, 지구를 지키는 무지개 전사라는 명칭을 전수자들에게 사용하기는 하지만, 사실 이런 신념을 그들에게 전하고 싶은 것이지."

"무슨 뜻인지 알겠어요. 엄마한테 비슷한 이야기를 들은 적이 있어요. 어렸을 적에는 엄마가 공부하는 것이 무엇인지, 무슨 소리를 하는지 잘 몰랐지만, 지금 생각해보면 사회학과 인류학을 공부하신 어머니도 이와 비슷한 이야기를 저에게 해주셨던 것 같아요…."

"너의 어머니도 그런 분이셨구나! 어머니의 말들을 다시 생각해보렴. 사고의 변환점을 일으키게 하는 어떤 자극이 누구에게나 필요하단다. 그런 자극이 생기면 자신이 얼마나 중요한 존재이고, 큰일들을 해 나갈 수 있는지 진심으로 깨닫게 된단다. 사람들은 자신이 힘들 때, 항상 슬픔이나 불행에 자신을 가두는 경향이 있지. 하지만 자신의 존재의 중요성을 알면 사물과 세상을 보는 눈이 달라진단다. 슬픔도 이 우주가 가지고 있는 아름다운 추억이지, 결코 마음을 아프게 하는 추한 감정이 아니란다."

"…"

"나는 앞으로 너에게, 내 인생과 내가 배웠던 것들을 조

금씩 말해줄 것이다. 나는 반딧불이의 불빛이 다른 반딧
불이의 불빛이 생기도록 자극을 주는 것처럼, 내가 전해
준 지혜를 배운 전수자들이 모두 사회에 나가, 또 다른
사람들에게 이러한 진리를 모두 가르쳐 주기를 바란다.
그리고 이러한 생각들이 점점 퍼져 나가게 되어, 지구에
사는 사람들이 파괴되고 있는 환경을 다시 예전처럼 되
돌리고 복원할 수가 있다면, 바로 전설에 나오는 무지개
전사들이 지구를 구하게 되는 셈이란다."

"..."

"우주의 진리란 전체와 부분이 같다는 데에 있다. 인간
이란 우주의 중요한 일부분이지. 우리와 같은 생명체의
자유로운 활동에는 그만큼 중요한 가치가 있단다. 진화
의 목적은 전체와 부분이 같이 반응하여 하나의 조화를
이루는 것이란다. 나는 인간들의 미래에 대한 착한 의지
가 인간들 집단의식의 모습을 올바르게 형성시키게 되
면, 우리 인간들은 마침내 지구의 몸을 갉아먹는 기생충
이나 파괴하는 병원균이 아닌, 지구를 지키고 조절할 수
있는 뇌세포와 같은 존재가 되고, 우리의 목표인 지구의
영혼을 탄생시키게 된다고 믿고 있단다."

"...지구의 영혼이라구요?"

"그렇다. 바로 지구의 영혼."

"지구도 영혼이 있다는 뜻인가요..., 우리들처럼?"

"물론 있단다. 하지만 지구란 행성은 아직 불완전한 단계란다. 생물들의 생명현상에 관여하는 개별적인 영혼들이 모여서, 비록 현재의 생태계처럼 지구의 신경망이 만들어져는 있지만, 사실 우주란 넓은 시공간에 지구란 행성의 진화된 질서와 착한 주파수를 쏘아대는 뇌파를 만들기 위해서는, 반드시 인간들처럼 진화된 집단 생명체들의 조화된 뇌세포들의 역할이 아주 중요하단다. 하지만 지금의 인간이란 종족은 아직 그럴 만한 신성함을 갖춘 존재가 아니란다."

"…인간들의 욕심과 타락 때문이군요…."

"그렇다. 하지만 이 세상의 탐욕과 다툼이 사라지고, 서로가 나누고 아끼며 형제처럼 평화롭게 사는 날이 오게 되면, 나는 반드시 지구의 영혼이 탄생될 수 있다고 믿는다."

"…"

"그리고 이것이 바로 내가 타인들과의 대화를 통해 그들을 깨닫게 만들려고 하는 나의 의지란다. 나는 마티도 많은 것들을 느끼고 깨달아 찰스나 리차드처럼, 나중에 커서 지구의 모든 것들을 지키고 가꿀 수 있는 무지개 전사가 되어 주기를 바란단다."

12. 리차드(Richard)와 마티(Marti)

밤하늘의 별들이 오늘따라 유달리 높고 아름답다. 아마 저 어딘가에도 우리와 똑같이 생명을 누리는 존재가 살고 있을 것이다. 나는 저 별들만 보면 삶이란 것이 조그만 이 지구 위에서 벌어지는 홀로그램과 같은 환상의 한 장면이 아닐까 하는 생각을 가끔 하곤 한다.

우리 인간들이란 과연 저 넓은 우주에서 어떤 존재일까? 아첵의 말처럼 영적 탄생을 위한 중간 단계일까? 아니면 곧 소멸되어 버릴 자연의 일부분일까?

별똥별 하나가 별들 사이로 나타났다가 사라졌다. 찬란한 꼬리를 그으며 지구로 떨어지다 소멸되는 별똥별.

누구에게는 소원을 빌어보고 싶은 아름다운 광경이고, 누구에게는 우주의 신비를 알려주는 작은 물질들이다.

나에게는 별똥별이 무한질주의 끝을 알리는 신비스러운 폭죽이다. 자유로운 여행에서 지구라는 마지막 정착 역에 다다른 유성의 화려한 소멸. 그 소멸의 뒤끝 여운으로 희망을 생각하는 사람들. 나는 무한히 반복되는 뫼비우스 띠 같은 별들의 움직임을 생각했다. 한 길을 따라 아무리 돌아도 그 끝을 알 수 없는 작은 원형. 그 원형의 무한궤도. 유성의 소멸은 또 다른 탄생을 위한 시작이다.

나는 오늘도 마티를 데리고 아첵에게 왔다. 그들의 세 번째 만남이다. 나는 과거에 아첵의 집에 주말에 1박 2일로 머문 경우도 있었지만, 마티는 매주 토요일 늦은 오후에 와서 저녁까지 있다가 간다.

다음 주에 나는 뉴욕으로 돌아가야 하기 때문에 오늘이 나와 마티와의 마지막 동행이다. 그런데 오늘은 너무 늦은 시간까지 서로 이야기를 나누는 지, 평소보다 밤이 깊어졌다. 아니나 다를까 마티의 아버지 알렉스에게서 전화가 왔다. 나는 아직 마티가 아첵과 함께 있다며, 곧 끝나는 대로 가겠다고 대답했다.

밖에서 밤하늘을 보며 기다리고 있는데, 마티가 아첵과 함께 오는 것이 보였다. 나와 마티는 아첵에게 작별인사를 했고, 아첵은 항상 그러했듯, 말없이 싱긋 웃어 보이며 팔을 흔들어 배웅을 해주었다.

나는 마티와 함께 차가 있는 곳까지 서서히 걸어갔다. 마티의 발걸음은 조용했고 폭이 좁았다. 나는 평상시의 발걸음 보다 조금 늦추었다. 그녀의 갈무리 하는 습관이 보폭에 까지 베어있다는 생각이 문득 들었다.

발걸음 소리가 두 가지의 색다른 소리로 계곡 주위로 조용히 울려 퍼졌다. 작은 소리였지만, 하루의 밤을 기억하기 위한 여운으로는 충분했다. 나는 차에 마티를 태우고 그녀의 집으로 향했다.

 그녀의 짧은 미소가 차속 어두운 공간에서 잠깐 비쳐졌다가 사라지는 것을 옆모습에서 느낄 수가 있었다. 그녀는 과거의 나처럼 이미 아첵에게 영향을 받고 있다는 뜻이었다. 마음이 왠지 뿌듯해짐을 느꼈다. 그녀가 여동생 같다는 생각도 들었다.

 아첵은 새로운 사람을 만난다는 것은, 새로운 한 사람을 더 사랑하게 되는 기회가 되는 것이고, 새로운 한 사람과 마음이 통하게 된다는 것은 그 사람이 알고 있는 모든 사람과 연결이 된다는 것을 의미한다고 했다. 나는 이미 그녀의 인생과 연결이 되었다는 확신이 들었다.

 마티는 집에 도착하자 현관문을 열더니, 나에게 줄 선물이 있다며, 잠시 들어와 거실에서 기다려 주라고 말했다. 나는 알렉스에게 인사도 할 겸, 알았다고 말하고 같이 안으로 들어갔다.

 마티는 아버지 알렉스도 부르지도 않고 부리나케 자신의 방이 있는 2층으로 올라갔다. 그리고 그녀는 계단을 올라가기 전, 거실 옷걸이에 걸려있는 남성의 얇은 외투를 보더니

 '어? 삼촌이 왔네.'

 하고 잠시 멈칫하는가 싶더니, 다시 걸음을 재촉하여 계단 위로 사라졌다.

나는 마티가 내려오면 선물을 받고 나서 알렉스에게 인사를 해야겠다고 생각하며, 거실을 서성거리면서 그녀가 빨리 내려오기만을 기다렸다.

거실은 마티의 어머니가 안 계시는데도 아주 깔끔하게 정리되어 있었다. 커튼이나 장식장 등 모든 것들이 아름답고 고풍스러웠으며 깨끗했다. 마티 아버지 알렉스의 성격이 꽤나 정갈할 것 같다는 생각이 들었다.

그때였다. 나는 우연히 계단 반대편 방에서 들려오는 두 남자의 목소리를 들었다. 그리고 그 목소리들의 주인공이 바로 마티의 아버지인 알렉스와 삼촌일거라고 직감했다.

나는 마티가 아직 내려오지는 않았지만, 집안에 어슬렁거리며 혼자 있는 것 보다, 그들에게 먼저 인사를 드리는 것이 좋겠다는 생각이 들어 방 앞으로 다가가 노크를 하려고 했다. 그런데 갑자기 안에서 불쌍한 마티 라는 소리가 들려왔다.

'불쌍한 마티?'

나는 감전이 된 듯, 노크를 하려다 말고 멈칫하고 말았다. 방 안에서 흘러나온 불쌍한 마티라는 단어가 궁금했기 때문이다. 마음속으로는 그들의 대화를 내가 이렇게 숨어서 들으면 안 된다고 생각을 했지만, 몸은 마음을 따라주지 않고, 그 자리에서 얼음처럼 굳어졌다.

마티의 삼촌으로 생각되는 남자는 알렉스에게 상당히 흥분해 있었다. 그는 마티가 자꾸 호숫가에서 시간을 보내는 이유가 알렉스 때문이라며 목소리를 높이고 있었다.

"형이 마티에게 그런 짓을 했기 때문에 지금도 마티가 엄마를 생각하고 날마다 호숫가에 가서 지내잖아."

"넌 마티가 얼마나 슬퍼했는지 당시의 상황을 몰라서 하는 말이야."

"형수가 죽었을 때 우리 가족 모두가 얼마나 슬퍼했는지는 형도 잘 알잖아."

"하지만 마티는 그때 너무 어렸잖아. 그 당시 마티는 우리들처럼 엄마의 죽음을 견딜 수가 없었어."

"그래도 슬픔을 겪다가 천천히 잊는 편이 낫지, 평생을 엄마만 그리워하며 살 수는 없잖아."

"마티도 이제 곧 모든 것을 이해하게 될 거야."

"지금 다 컸는데도 저렇게 호숫가 갈매기 무덤만 찾아가잖아. 아직도 말을 안 한 거야?"

"조금만 더 시간을 줘. 내가 곧 직접 말 할 거야."

"언제 말할 건데?"

"대학에 들어가면 꼭 말할 거야."

"그긴 너무 늦잖아."

"마티가 성인이 된 후 말해주고 싶지만, 기회가 되면 더 빨리 말할 거야. 나를 믿어줘."

"그런데 그때 어떻게 죽은 갈매기를 구한거야?"

"마티가 너무 늦게까지 오지 않아 마티를 찾으러 갔다가 우연히 발견한 거야."

"그래도 쓰러진 마티를 바로 집으로 데려오지 않고, 마티의 가슴 밑에 갈매기를 둔 것은 아빠로써 너무한 것 아닌가?"

"미안해. 정말 미안해. 내가 이런 이야기가 나오면 매년 너에게 이렇게 잘못을 빌어야겠니?"

"아무리 형이 멀리서 마티가 깨어나길 지켜보았다고 하지만, 그때 위험할 수도 있는 상황이었잖아."

"그래. 내가 잘못했다. 정말 잘못했어. 그만 하자. 마티가 올 시간이야."

"아무튼 마티에게 빨리 말하는 것이 좋을 거야…."

"알았어. 알았어…."

나는 그들의 대화를 듣다가 갑자기 머리를 해머로 두들겨 맞은 듯, 멍 하는 느낌의 강력한 충격을 받았다. 알렉스가 마티가 어렸을 적에 마티를 찾으러 나갔다가, 쓰러진 그녀를 보고, 죽은 갈매기로 그녀에게 그런 추억을 남겼다고? 아…, 대체 이게 무슨 일이지….

나는 갑자기 마티의 슬픈 눈동자가 생각이 났다. 알 수 없는 수심을 가지고 있는 그 우물 같은 눈동자…. 귀소 본능처럼 갈매기가 노니는 호숫가를 찾아, 하염없이 시간을 보내는 마티의 행동들…. 이런 습관이 마티의 아버지 알렉스에 의한 연극 때문에 벌어진 일이라니…. 그녀는 삶에게 갉아 먹힌 상처를 그리움으로 치유하고 있었는데….

사실 어젯밤 잠들기 전, 그녀를 생각하다가 뒤척일 때, 난 어렴풋이 그녀 이야기 속에 무언가는 모르지만, 조금 이상한 점이 있다는 생각이 들었었다. 풀리지 않는 매듭 같은 것. 갈매기와 그녀와의 관계. 갈매기와 영혼. 그리고 영혼과 그녀의 어머니…. 대체 이들 사이에는 무슨 관계가 있단 말인가? 어떤 함수관계가 그녀를 둘러싸고 있단 말인가? 그런 의문점들이 밤새 내내 내 주위를 맴돌았었는데….

하지만 우연찮게 그녀의 신비성은 이렇게 풀렸다. 단순히 그녀를 감싸준 가족에게서 그 어렵던 매듭이 이렇게 쉽게 풀려 버린 것이다.

갑자기 내 자신이 어쩐지 현실에서 밀려나, 마티의 집밖으로 밀려나는 부력(浮力)을 느꼈다. 긴장감 때문인지 몸이 몹시 흔들렸다. 나는 그 이후로 그들이 무슨 말이 하는 지 하나도 들리지가 않았다. 그냥 귀속에서 윙윙윙 거릴 뿐, 무슨 내용인지 곰곰이 생각할 겨를도 없었다.

나는 문을 열고 들어가는 것을 포기하고, 살며시 다시

거실로 돌아와 조용히 소파에 앉았다. 그리고 한 숨만 쉰 채 멍하니 벽만 바라보고 앉아 있었다.

그렇게 찰나와 같은 시간이 흐르자, 마티는 푸른 격자 무늬 표지의 두터운 노트와 잘 포장된 선물꾸러미 하나를 가지고 2층에서 내려왔다.

"많이 기다렸죠?"

나는 정신을 차리고 아무 일 없었다는 듯, 소파에서 일어나며 그녀가 가져온 선물을 물끄러미 쳐다보았다.

"무엇이지?"

"만년필과 노트예요."

"만년필과 노트?"

몸에서는 식은땀이 흘렀지만, 모르는 척 그녀의 얼굴을 쳐다보았다.

"찰스 할아버지에게 들었는데 리차드는 작가가 되기 위해 글을 쓰고 있다고 하던데요. 저도 어렸을 적부터 매주 한 두 번 일기를 쓰는 버릇이 있어요. 찰스도 이곳에 일기나 글들을 써 보아요. 작가가 되는데 도움이 될 거예요. 사실 작가들은 컴퓨터로 치는 것 보다는 직접 글로 쓰는 것들이 더 어울린다고 생각이 되요."

사실 나는 그림도 좋아하지만 작가가 되기 위해 대학에 들어가서도, 주말이나 방학을 이용하여 글을 쓰곤 했다.

"고마워. 마티. 잘 간직하고 사용할게."

"고맙긴요. 나중에 작가가 되면 제가 꼭 첫 번째 독자가 될게요. 아셨죠?"

"응. 그래. 정말 고마워."

마티가 하얀 이를 드러내며 웃더니 아버지를 크게 불렀다. 계단 앞방에서 마티의 아버지와 삼촌이 마티의 부름에 함께 나왔다. 그들의 표정에는 마티가 집에 벌써 들어온 것에 대해 약간 놀란 표정이 숨어있었지만, 조금 전의 분위기는 이미 무대 뒤에 감춰진 듯 했다.

마티는 나에게 삼촌인 루크를 소개시켜 주었다. 굵은 목소리의 주인공인 루크는 알렉스에 비해 키가 훨씬 크고, 덩치도 거대했다. 나는 그들에게 인사를 하고 악수를 건넸다. 삼촌 루크는 아첵의 집에서 마티를 이곳까지 데려다 주어 고맙다고 말하며, 고개를 돌려 마티에게 언제 때가 되면 저녁 식사를 같이 하고 싶다고 했다.

마티는 고개를 끄덕이며 좋다고 말하더니 루크의 팔장을 끼고, 나에게 잘 가라고 손을 흔들었다. 나는 마티의 가족에게 다시 한 번 작별인사를 하고 집을 나왔다.

밝은 달빛인데도 돌아가는 길이 어둡게만 느껴졌다. 자동차의 밝은 원통형 불빛이 카오스 같은 형상을 그리며 도로 주위를 수색해 갔다. 탐조등처럼 흔들거리는 자동차의 불빛이 오늘따라 낯설게 느껴졌다.

나는 어두워진 길을 조심스럽게 느리게 헤쳐 나가며 그

녀에 대한 밑그림을 떠올렸다. 목탄으로 어둡게 휘갈겨진 소묘(素描). 그녀에게 드리워진 삶의 휘장이 창가를 휘날리는 모습. 그리고 가만히 서서 창 밖 만 바라보고 있는 그녀. 서서히 다가오는 먹구름처럼 나의 뇌리는 어느새 그녀에 대한 어두운 밑그림으로 가득 채워져 있었다.

 질주하는 도로에서 자동차 창문을 열면, 공기의 파공음이 세차게 귀를 때린다. 흐트러짐 없는 질주이지만, 자신의 몸을 흔드는 바람이란 존재를 직접 피부에 느끼는 것이다. 조용한 고속 주행에서는 느껴보지 못하는 색다른 맛이다. 그녀와의 인연은 갑자기 이렇게 나에게 다가왔다. 어느 날 갑자기 나에게 뺨을 때리는 세찬 바람처럼 강렬하게 부딪혀 왔던 것이다.

 나는 집에 돌아와 간단한 간식을 먹고 샤워를 마친 후, 책을 본 다음 잠자리에 들었다. 그런데 마티에 대한 일 때문인지 침대에 누워서도 전혀 잠이 오질 않았다. 할아버지에게 당장 뛰어가 알렉스가 마티에게 한 일들을 다 말하고 싶었지만, 나만 알고 있는 것이 좋겠다는 생각이 들었다.

 만남이란 공간에는 항상 틈새가 있길 마련이다. 그 틈새란 것은 지진이나 화산폭발처럼 예고 없이 생기기도 하고, 심할 경우엔 해저지진의 해일처럼 큰 충격파를 발생시켜 방심하고 있던 나를 뿌리 채 흔들기도 한다. 마티와의 만남과 마티에게 벌어진 일들은 나에게 그런 충격파였을까?

식물들에겐 그들 내부에 축적된 불필요한 물을 뽑아내는 배수현상(排水現象)이 있다. 성장하는 인간들에게도, 그리고 나에게도 그런 종류의 펌프 작용은 존재한다.

그런데 지금의 내 상황은 그런 배출현상을 모르는 사막의 선인장과 같았다. 자연스런 정화과정에만 의존하는 잎새 없는 나무.

난 다 자란 누에가 숙잠(熟蠶)을 위해 고치를 만들듯, 오랫동안 이리 뒤적 저리 뒤적 하며 실뱉음을 하고 뒹굴다가, 새벽에야 겨우 취면(就眠)에 빠질 수가 있었다.

나는 꿈속에서 보고 있는 마티에게 말을 걸려고 입술을
꿈틀거리다가 결국 아무 말도 꺼내지 못하고, 식은땀을
흘리다가 벌떡 일어났다. 꿈이었다. 어제 겪었던 이야기
를 마티에게 말하는 상황을 꿈으로 꾼 것이다.

'휴!'

나는 이른 아침이라, 아직도 곤하게 주무시고 계실 할아
버지나 어머니께서 깨시지 않도록 도둑고양이처럼 살금
살금 부엌으로 가서, 냉장고에서 찬 물을 꺼내 마신 후,
다시 조용히 방으로 돌아와 침대에 누워 천장을 바라보
며 멍하니 있었다.

마티 아버지와 삼촌의 낮은 톤의 목소리, 그리고 헤어
질 때 그들에게서 잠깐 느꼈던 쓸쓸한 미소의 조각들이
생각났다. 천정의 무늬가 오늘따라 요면경에 맺힌 상처
럼 울룩불룩 찌그러져 보였다.

갑자기 이곳이 작고 답답한 사각공간이란 생각이 들었
다. 좁은 공간에 갇힌 인간들은 그 작은 공간에서 고독
함을 더 떠올린다고 했던가?

곤충처럼 허물을 벗는 탈피과정. 갑자기 탈피 과정이 생
각이 났다. 나와 마티에게는 이제 이런 탈피과정이 필요
하다는 생각이 들었다.

13. 마티(Marti)의 일기장

대낮인데도 햇빛이 반사되는
수면 위의 외로운 물빛 그림자에서
하늘에 흩뿌려진 별자리를 연상하는 사람들이 있을까?
대칭이 이루어지지 않는 호숫가 주위의 다른 사물에서
동일한 공통점을 찾아내려 노력하는 사람들이 있을까?
찰스, 리차드, 아첵은 그런 사람들일까?
오늘도 공원으로 와서
갈매기 무덤 옆에 앉아 등대를 보았다.
난 저렇게 가만히 서서 움직이지 않고 있는
하얀 등대를 보고 있으면
내 자신이 그 주위를 빙빙 도는 듯한 느낌을 받곤 한다.
시계 바늘의 초침처럼
내가 그 주위를 현란하게 도는 것이다.
회전이 빨라질수록
소용돌이치는 원의 중심부로 빨려 들어가며
등대의 중심축을 생각한다.
동화과정.
의식과 사물의 자연스러운 동화과정이다.

그런 동화과정이 내겐 어느새
풍토병처럼 자연스러운 습관이 되었다.
그리고 또 습관적 곁눈질이 시작된다.
지루하지는 않지만
기어의 맞물림 같은 종속적인 허무감만 뺀다면
환상적인 곁눈질은 해 볼만 하다.
난 지금 무대 위에서 나 혼자 외로이 연극에 열중하고
있다는 생각이 든다.
이런 좁은 무대를 벗어날 힘이
나에게는 과연 있는 걸까?
모든 사람들은 자신만의 독특한 잎새들을 가지고 있다.
꿈꾸는 것이나 감정에 따라
제각각 서로 다른 색의 잎새들을 가지고 있다.
길을 따라 걷고 있으면
돋아있는 가로수들의 너풀거리는 잎새처럼
지나가는 사람들에 붙어 있는 많은 잎새들이 보인다.
그리고 간혹, 그들의 옆에
나무를 받치는 지주대처럼
상처받은 마음을 지탱해주는 지팡이들도 보인다.
요즘의 길거리엔 떨어져 흩어진
많은 낙엽들을 보곤 한다.
잎새들이 낙엽이 되어 인간들의 몸에서 떨어진 것이다.

난 사람들이 나무가 스스로 가지를 치듯
소유하고 있는 것들을
버리지 못한다는 것을 알고 있다.
이렇게 많은 낙엽들이
별똥별 떨어지듯 우수수 떨어지는 것은
사회가 그들의 잎새를 떨어뜨릴 정도로
심하게 오염되었다는 뜻일 것이다.
그들의 기억과 감각을 깎아 내는
그들만의 털갈이 일지도 모르지만
점차 그들의 몸에서 떨어지는 잎새들의 양이
많아지고 있다는 느낌이 든다.
오늘은 아첵에게서 많은 것을 배웠다.
지구의 영혼이 존재한다는 말씀을 하셨다.
모든 생명체를 관장하는 어머니가 있다는 것이다.
그리고 죽음도 탄생의 씨앗이라고 하셨다.
우리에게 일어나는 모든 현상이
서로 연관이 있다는 것이다.
아첵을 만나게 해 준
찰스 할아버지와 리차드 오빠가 고맙다.
어젯밤 꿈에 고대 원주민들이 나타났다.
모닥불 앞에 조용히 앉아있는 내 주위를 돌면서
지구를 치유한다는 춤을 계속 추었다.

둥둥둥 둥둥둥!

은은하게 울리는

꿈속의 북소리가

아직도 귀에 선명하다.

마지막 꿈을 깨기 전

나를 쳐다보며 웃는

늙은 추장의 맑은 눈동자를 잊을 수가 없다….

그런데 그 추장의 눈빛이 아첵과 너무 똑같았다.

그런데 이상하다.

분명 천사 인형을 안고 자면

항상 엄마의 꿈을 꾸었었는데…

오늘은 엄마가 나타나지 않고

아첵을 닮은 사람이 나오다니….

이미 내 마음에 어떤 변화가 생긴 것일까?

14. 리차드(Richard)의 일기장

나는 나를 만들어 가고 있는
주위의 모든 형태의 자극으로부터 탈출하고 싶다.
혹시, 물리학자들은
나의 말을 조금은 이해할지 모른다.
내 몸과 마음이 마치 그림처럼
빛이라는 물감을 이용하여
시공간에 그려지는
동영상 같이 느껴진다는 것이다.
언젠가 과학 서적에서 읽었던 홀로그램 우주.
그런 빛의 우주에서
나와 자연의 같은 주파수를 연결하는 느낌.
찰스 할아버지와 아첵에게 배웠던 것처럼
우주의 모든 것이 하나라는 말이 맞다.
육체는 영혼을 탄생시키는 매개체이고
우리는 우주가 스스로 느끼며 진화하고 싶은
작은 부분적 자아체라는 것을.
미티기 준 일기장을 펼치고
이렇게 처음으로 글을 써본다.

인간들의 신경세포란 흥분성을 가짐으로써
신경신호를 생성하고 통합하고 전달한다.
그런 미세한 자극적 신호강도로
개개인의 인식영역은 만들어져 가고 있다.
헌데 마티를 알게 되면서
내 신호체계가 달라 진 것 같다.
대물림된 나의 신호체계가
거부반응을 일으키고
자꾸만 그녀가 만든 세계에
빠져 들어가고 있는 것 같다.
마티의 아버지 알렉스가 마티에게 한 일 때문에
며칠을 고민한 것 같다.
호숫가 갈매기 무덤은
그녀에게 종교 같은 것이었을까?
어머니란 존재가 이 세상에서 사라진다면
자신이란 존재도 필요 없다고 생각하는 것일까?
영혼의 존재를 믿어야만
어머니의 영원성이 갖추어지고
그런 영원성에 대한 신념이 있을 때
자신의 존재 가치도 있다고 믿는 것일까?
마티의 필요충분조건 그래서 생긴 것이다.
무지했던 인간들의 불평등했던 옛 시절에

인간들은 자신들을 구원할
신을 섬기게 되었고
지금까지도 많은 사람들이 종교에 마음을 의지한다.
마티에게도
그녀만의 종교가 꼭 필요했던 것일까?
어머니의 영혼과 갈매기의 무덤
그리고 그녀의 마음속 위안처.
하지만 가까운 미래에
인간의 영혼들이 점차 성숙해지게 되면
서로 다른 종교들 간의 갈등들은
결국 없어지게 될 것이고
인간들의 깊은 내면과 공동체 의식에 의해
아첵의 말처럼 지구의 영혼이라 불리는
거대한 인류 전체의 마음이 싹트게 될 것이다.
아첵은 인간들 속에 내재된 신성함이
인간들에게 가장 필요한
자연의 기운이라고 했다.
나는 마티의 강박적이고 불편한 마음이
아첵에 의해 잘 치유가 되기를 바란다.
은은한 달빛처럼 빛을 내는
아첵의 조용하고도 인간적인 가르침이
분명 마티에게 큰 도움이 될 것이다.

마티의 불완전한 추억도
언젠가는 서서히 안개가 사라지듯 없어져
제 자리를 찾아 완성이 되고
편안함과 밝은 마음을 되찾게 될 것이다.
심연처럼 깊고
경계 없는 넓은 마음을 간직한 마티….
마티의 인생 이야기는 이제 나에게
커다란 하나의 숙제가 되었다.

15. 헬렌(Helen)과 토마스(Thomas)

"토마스. 이렇게 오랜만에 만났는데 30분 밖에 시간이 없다니, 아주 바쁘신가 보군요."

"오늘 만나야 할 사람들이 너무 많습니다. 헬렌, 이해를 해 주세요."

"저를 찾아오면서 다른 사람들과 미리 약속을 잡고 오시다니, 너무 한 것 같네요."

"비즈니스를 하는 사람들은 항상 모든 사람들과 관계를 맺으려고 하죠. 관계를 맺어야 비즈니스를 할 수 있는 기회가 생기기 때문입니다. 마치 농부들이 수확을 위해 씨를 뿌리는 것과 같죠. 비즈니스맨들의 업보이죠."

"사람을 만난다는 것은 인연인데 목적이 있으면 안 되는 거 아닌가요?"

"서로에게 도움이 되는 좋은 목적을 가지고 사람을 만나는 것은 괜찮다고 생각합니다. 더구나 사업이란 시장을 개척하고 확대하는 것이 기본이므로, 자신과 교차되는 교차점들을 서로 연결하며 정리해 나갈 비즈니스 마인드는 필수입니다."

"알겠어요. 자신의 미래를 알기 위해 나를 찾아온 손님들에게 되도록 긍정적인 희망을 주려고 하는 제 수완도, 어떻게 보면 좋은 비즈니스의 관계형성이라고 볼 수 있겠죠."

"그렇죠. 하지만 헬렌에게는 경쟁이 없으니 우리와는 다르죠. 우리들은 항상 변화되는 모습으로 위기관리 능력을 가지고 있어야 합니다. 사회의 흐름을 놓치면 자연의 법칙처럼 도태가 되기 때문입니다. 회사에 위기가 생길 때면, 아책이 가르쳐 준 명상으로도 마음의 안정을 전혀 찾지 못하곤 합니다."

"힘든 삶을 살고 계시는군요. 그런데 저와 상의하고 싶다고 한 것이 무엇이죠?"

"나이가 들다 보니, 이제 저에게 온 행운과 부를 좋은 곳에 써야 될 것 같다는 생각이 매일 들고 있습니다. 축적된 부가 나에게 사회적 책임감이란 멍에를 씌운 것이죠. 찰스는 후손들에게 지혜를 물려주는 것을 낙으로 삼고 있고, 헬렌은 사람들에게 희망을 나누어 주고 있지만, 나는 돈만 벌고 하는 것들이 없으니, 이제 무언가 뜻깊은 일들을 해야 되지 않을까요?"

"이미 많은 기부를 하셨잖아요."

"기부 말고 직접 뛰어들고 싶은 그런 일들이요."

"어떤 일들을 하고 싶으신데요?"

"아책에게 감명 받았던 지구의 영혼에 관한 것들이죠.

인간들의 욕심이 지구를 계속 파괴시켜나가는 것을 멈추게 하고, 지구를 아끼고 지키며, 균형 있는 환경을 만들기 위한 뇌세포 같은 인간들을 키우고 싶습니다. 인재들을 양성하는 것이죠. 물론 이와 비슷한 단체들도 많고 이미 이런 일들을 시작하는 조직들도 있으나, 보다 강하고 파급력이 있는, 아책에게 배운 정신들과 가장 어울리는 단체를 만들어보고 싶어요. 그런 것들을 어떤 일부터 어떻게 시작을 해야 할지 모르겠어요. 아책에게 몇 번 물어보기는 했지만, 스스로 길을 찾으라는 말만 하고 웃기만 합니다."

"은둔자가 정치와 경제의 힘으로 돌아가는 이 세상을 알기는 힘들어서 그러겠죠."

"그렇겠죠. 아무튼 어떤 신념이 있어도 서로의 이기심 때문에 때로는 정의가 통하지 않는 게 오늘의 현실이죠. 인종과 종교와 돈 때문에 매일 싸우고 갈등하는 인간들에게 대체 제가 무슨 일부터 시작을 해야 할까요?"

"작은 것부터 시작하세요. 인간들이 지닌 지금의 집단의식 정도는 단 시간에 지구의 영혼을 탄생시킬 수 있을 정도로 고결한 정신이 아니에요. 갑자기 업그레이드 되는 것은 불가능해요. 작은 것부터 천천히 도움을 주세요."

"작은 것이라면?"

"아이들의 마음이 곧 희망이죠. 아이들의 마음을 바꾸

기 시작해야 이 세상이 맑아지기 시작해요. 어른들의 몸
과 마음은 이미 바꾸기 힘들 정도로 오염되어 있어요. 그
들에게서 변화를 이끌어 내기란 불가능해요. 지금 어른
들의 잘못된 욕심이 아이들의 마음에까지 이미 대물림하
고 있어요. 이런 악순환을 끊고, 올바른 방향으로 가게끔
하는 것이 첫 시작이겠죠."

"그렇군요. 아이들에게 투자를 해야, 밝은 세상을 만들
수 있다는 뜻이군요."

"그래요. 하지만 정답은 없는 것 같아요. 어려움에 처한
아이들을 위한 기부로 필요하겠지만, 큰 흐름을 바꾸려
면, 물질적인 것 외에도, 정신적인 도움을 주려고 더 노력
하는 것이 중요할 것 같아요."

"헬렌의 말을 들으니 힌트가 떠오르는 것 같군요. 역시
헬렌이군요. 고마워요 헬렌. 다음에는 찰스와 함께 주말
에 만나요. 찰스를 본 지도 꽤난 시간이 흘렀네요. 오늘은
정말 미안해요. 일 때문에 가봐야 될 것 같아요. 나이가
들어가니 이제 마지막 일들만 처리가 되면, 사업에서 곧
손을 뗄 겁니다. 그리고 보고 싶은 주변 사람들과 어울려
좋은 시간을 보낼 겁니다."

"토마스도 이제 늙었나 보네요. 하지만 저에게는 늘 신
사 같은 그런 모습이 항상 보기 좋아요. 잘 가요. 토마스.
늘 건강하세요."

16. 리차드(Richard)

 오늘은 뉴욕으로 다시 돌아가는 날이다. 새벽까지 설쳤던 잠을 뒤로한 채, 일찍 일어나 잠자리를 나와 산책을 했다.
 시원한 아침을 맞는 엣지워터 공원은 오래된 수묵화의 질감을 느끼게 하는 포근함이었다. 나는 잔교가 있는 곳으로 천천히 걸어갔다. 이리호수는 벌써 미명(未明)의 중간지대를 지나 태양을 동쪽으로 등지고 있었다. 푸근한 아침 햇살이 푸른빛을 띤 호숫가 수면에 소리 없이 금빛 가루를 흩뿌려지고 있었다.

파도가 출렁거리며 잔교의 밑살을 핥아왔다. 수많은 크고 작은 파도의 일렁거림이 불규칙하게 수군거렸다. 하지만 결국은 모두가 부딪히고 상쇄되어 곧 소멸될 것이다. 인간의 삶이 겪는 분해과정과 똑같다. 뒤따라 생기는 다른 파도에게 연결이란 의미를 던져주기 위한 몸부림. 단지 그 뿐일 것이다.

잔잔히 들려오는 파도소리와, 햇볕을 맞이하러 나온 갈매기들의 푸드득거리는 울음하며, 이곳이 도시란 생각이 들지 않았다. 양떼구름 모양의 고적운은 푸른 하늘가 먼 곳에 풍선처럼 떠올라 있었다.

아침의 시원한 공기 때문인지 호흡이 편해 마음이 상쾌해졌다. 나는 엣지워터 요트 클럽 쪽으로 걸어가 위스키 섬으로 간 후, 등대가 있는 웬디 공원까지 갔다. 그 곳 역시 밝아오는 청정한 하늘아래에, 어김없이 하얀 등대의 외로운 그림자가 밑에 있었다.

나는 마티처럼 등대를 가만히 바라보았다. 등대는 큰 호수를 품에 안고 몸을 튼 뱀처럼 굵은 바깥선을 가지고 조용히 서 있었다. 마티의 비밀을 알게 된 후 이곳이 더 슬픔을 간직한 곳 같다는 생각이 들었다.

갈매기 한 마리가 무리에서 떨어져 등대의 주위를 빙빙 돌고 있었다. 등대의 보이지 않는 회전과 함께 갈매기의 소리 없이 움직임도 반복되고 있는 것이다.

외딴 섬의 산방(山房)처럼 호숫가 고요한 방파제 위에 서있는 등대는, 어제와는 다른 미세한 차이를 무시한 채, 반복적인 오늘의 변화를 또 시작하고 있었다. 하지만 내 마음속에서 등대는 마치 점차 수면 속으로 함몰되어 결국엔 물 속 깊은 곳으로 흡수되어 버릴 것 같은 침묵 속에 있었다.

나는 얼금얼금 얽어진 시멘트와 군데군데 빛바랜 무늬를 상처처럼 안고 있는 등대를 뒤로 하고, 공원 주변을 어슬렁거렸다.

그러다 문득 작은 무덤처럼 봉긋하게 솟아오른 익숙한 흙더미를 발견 했다. 바로 마티의 갈매기 무덤이었다.

사물에 집중할 때 나타나는 영상적 체험이 마음속으로 언뜻 스쳐갔다. 갈매기의 작은 무덤…. 아마 이 무덤은 그녀의 마음 속 기울기에 따라 미끄러져 내려온 흙가루가 쌓인 붕적토(崩積土)일 것이다. 삶이 갉아내는 거센 풍화과정에서 생긴 붕적토. 그녀의 작은 역사가 저 조그만 무덤 속에 있을 것이다.

하지만 나 역시도 지금 그녀 때문에 저런 작은 무덤의 무게를 가슴 속에 지니게 된 것 같았다. 이제 저 갈매기 무덤은 내게 낯선 곳이 아니었다. 어떤 한 소녀로 인해 추억의 한 점이 묻어진 공간이 된 것이다.

바람 소리에 몸을 돌려보니 주위의 많은 나무들이 살랑

살랑 흔들거리고 있었다. 자연스러운 움직임이었다. 자연의 움직임. 인간들의 움직임. 갈등과 방황. 왜 정적인 사물과 동적인 사유가 이 세상에 존재해야 만 하는가? 어지러운 마음에, 내 자신이 어쩐지 무거운 공기와 함께 현실 밖으로 밀려나갈 것 같았다.

 바람 때문인지 몸이 몹시 흔들렸다. 먼 호수의 가물거리는 물결들이 자꾸 입체화면처럼 나를 끌어당겼다.

 바람을 등지고 싶어 몸을 반쯤 돌렸다. 배 밑의 수심만큼이나 내 몸의 회전축은 길었다. 그만큼 횡렬로 연결된 날개 축이 두터운 삶 속에 길게 엮어져 있다는 뜻이기도 했다.

 파도와 더불어 마음 한구석에서 작은 잔물결들이 다시 출렁거리기 시작했다. 그리고 파도가 만들어내는 수면의 파장이 내 마음 속으로 들어와 중첩현상을 일으켰다.

 흐르는 물의 입자들의 기화현상. 내 마음 속이 점점 더 산란해지고 있었다. 습관적인 깊은 한숨이 몸 속 깊은 곳에서 새어 나왔다.

 조금 전에는 못 느꼈었는데 갈매기 한 마리가 더 날아와 등대 위에 앉아 있었다. 갈매기가 하나가 아니고 둘이란 게 더 풍경에 조화롭다는 생각이 들었다. 홀수보단 짝수가 더 안정감이 있기 때문이다. 때론 분열될 수 있는 위험을 안고 있지만, 둘이란 숫자는 서로를 지탱해주는 역할을 하기 때문이다.

 나는 갑자기 마티에게 내가 그런 존재가 되고 싶다는 생각이 들었다. 그녀가 원하는 친구이자 조력자로써 계속 그녀와 연락을 취하기로 결심을 했다. 마티는 이렇게 이미 내 마음속의 그림자가 되어 있었던 것이다.

17. 마티(Marti)의 일기장

혼자 지내는 도시의 생활은
이렇게 쓸쓸함과 고요함이 공존하는 세계인가 보다.
타인과의 부대낌에서 벗어나려는 최소한의 시도.
하지만 여지없이 허무라는 동반자가 혹처럼 따라다녔다.
아빠에게서 떨어져 처음으로 혼자 살아봐서 일까?
존재하지도 않을 것 같은 허무란 공간이
사방으로 뻗어가는 질긴 칡 줄기와 같은 그물들을
내 앞에 보란 듯이 칙칙하게 얽어내려
광장 같은 탁 트인 공간을
찾지 못하게 한다는 생각이 들었다.
아빠는 아픈 상처를 가지고 있는 뉴욕보다
오하이오 주립대학에 가는 것을 바라셨다.
하지만 난 내 결심대로
뉴욕대학 스타인하트 문리대학에 입학하였다.
아책에게 많은 것을 배우고 나서
내 스스로 변화하고, 나를 조절하며
나에게 발생하는 문제점들을
스스로 정리할 수 있는 힘이 생겼기 때문이다.

오늘도 하루를 이곳 도서관에서 보내야 한다.
매일 오는 이곳인데도 항상 생소한 장소처럼 느껴진다.
바쁘게 수업을 준비하고 시험을 치를 때면
가지고 있는 추억마저도
잊어버리지 않을까 하는 의구심이 일곤 한다.
이곳 학생들은 놀라울 정도로 정교한
두 개의 렌즈를 가지고 있다.
한 곳을 크게 확대하여
집중적으로 볼 수 있는 볼록렌즈와
순식간에 멀리 떨어져 외면해 버리는
고성능의 오목렌즈를 이용하여
기회에 맞게 교묘히 잘 적응을 한다는 것이다.
원초적 감정에 충실하면서도
이성적 즐거움을 추구하고
자유로운 정신을 원하면서도
출세를 위해 정신적 노동도 마다하지 않는
생산과 소모를 동시에 할 수 있는 적응력.
하지만 나에게는 이들은 따뜻하면서도 냉정하고
베푸는 것 같으면서도 계산적인
숨겨진 이중성을 가진 사람처럼 보인다.
이곳의 학생들은 무척 자유롭고 자신감에 차 보인다.
하지만 보이지 않는 경쟁심과

미래에 대한 욕심이 은밀하게 중첩되어 있다.
맞추어지지 않은 퍼즐도 가만히 내버려 두지 못하는
강박관념에 사는 도시의 학생들이다.
나는 반복적인 생활이 지루하다고 느껴
숨은 되돌이표를 찾아 없애려고 한다.
목적 없는 회전 시스템이 솔직히 싫다.
하루 빨리 공부를 끝내고
이곳을 탈출하고 싶다.
하지만 그나마 다행인 것은
내가 정말 하고 싶었던 일들을
이곳 학생들과 함께 시작하고 있다는 것이다.
그 일만 생각하면 기분이 저절로 좋아진다.
내일 리차드를 만나기로 했다.
이곳 뉴욕에 온 후, 두 번째 만남이다.
오늘은 과제를 일찍 끝내고
숙소로 들어가 편히 쉬어야겠다.

18. 리차드(Richard)와 마티(Marti)

 의과대학을 졸업하고 인턴 과정을 거친 후 이곳 콜롬비아 대학병원에서 응급의학과 레지던트 수련을 받고 있다. 마티는 고등학교를 졸업하고 뉴욕으로 와서 뉴욕대 스타인하트에 다니고 있다.

 나는 처음 마티가 뉴욕으로 온다는 말을 듣고 그녀의 어렸을 적 모습이 떠올라 약간 당황했다. 다시 시작된 뉴욕의 생활이 그녀에게 어떤 상처를 자꾸 떠올리게 하지나 않을까 하는 생각이 불현듯 스친 것이다.

 삶의 상처를 통한 미묘한 통증은 인간들에게 두 가지 작용을 한다. 그 존재를 파괴시켜 나가던지, 아니면 논밭에 뿌려주는 거름처럼 인간들을 성장 시킨다. 그녀가 뉴욕에 와서 파괴와 성장이란 두 상반된 중간지대 발판에 각각 한발씩 내딛고, 다음 순간 어느 쪽 발을 먼저 들까 하는 불안감이 있었기 때문이다.

 하지만 처음 마티를 만났을 때 작은 안도감이 느껴졌다. 항상 감수성이 예민한 소녀처럼 느껴졌던 마티가 많이 달라졌기 때문이다.

 사실 마티의 어머니는 뉴욕대학에서, 집단의식이나 집

단 무의식이 개인의 의식이나 무의식에 어떤 영향을 미치는 지 연구를 하였던 유능한 교수였다. 비록 911사태로 생을 마감하고, 그녀가 쓰다만 논문자료들을 마티에게 유산으로 남겼지만, 마티는 대학생이 된 후 틈틈이 엄마의 미완성된 논문과 자료들을 읽으며 이미 어머니의 지식을 서서히 그녀에게 흡수하고 있었다.

오늘 저녁은 마티와 함께 식사를 하기로 한 날이다. 뉴욕에서의 두 번째 만남이다.

근무를 마치고 병원에서 나오자 도시의 바람을 뚫고 낡은 가로등 불빛이 적요한 모습을 드러냈다.

다가오는 택시를 잡아타고 서둘러 약속한 장소로 갔다. 택시는 화려한 디자인으로 휘감긴 빌딩들의 거대한 회색빛 몸집들을 지나, 뉴욕대학이 있는 워싱턴 스퀘어 공원 앞에 나를 내려주었다.

저 멀리서 나를 기다리는 마티의 모습이 보였다. 그런데 마티 옆에는 마티보다 약간 키가 큰 친구 한 명이 서 있었다.

마티에게 다가가 반갑게 인사를 나누자, 마티는 그녀를 자기의 친구 마리아라며 나에게 소개시켜 주었다. 그녀는 이곳 뉴욕에 와서 마티가 처음 사귀게 된 친구로, 같은 과라서 항상 같이 수업을 들으며 다니는 단짝이라고 했다. 그래서 오늘도 같이 도서관에서 공부를 하다가, 나를 보기 위해 함께 나왔다는 것이다.

마리아는 내가 인사도 하기 전에, 나에게 먼저 안녕하세요 라고 말을 했다. 블루 칼라의 가벼운 점퍼와 장미 무늬가 있는 세련된 디자인의 청바지를 입었는데, 목소리는 상당히 가늘고 활달한 편이었다. 대학생인데도 엷은 브라운 칼라로 눈 주위 아이홀 라인을 강조한 것으로 보아 상당히 자신을 가꾸는 듯한 타입인 것 같았다.

우리는 함께 식사를 하러 마티가 미리 예약해 둔 근처 카페테리아로 들어갔다.

나는 자리에 앉자마자 마티에게 여러 가지를 물었다. 요즘은 어떤 책을 즐겨 읽고 어떤 영화나 음악을 좋아하고, 재미있는 일들은 있는 지 등등, 대학생들이 즐길만한 그런 일상적인 질문들을 많이 했다.

마티는 잠깐씩 생각을 하며 해맑은 소녀의 표정으로 대답을 했다. 하지만 곧바로 내게 다른 질문들을 던지며, 내가 하는 말들에 더 관심을 기울이고 들으려 했다.

나는 마티의 친구 마리아에게도 여러 가지 질문들을 했다. 하지만 마리아는 독특했다. 내가 한 가지 질문을 하면 그와 연관되는 다른 것들까지 이야기를 끌고 나가며 말을 이어 나갔다.

예를 들면 자기는 아이들을 가르치는 학교 선생님이 되고 싶은데, 왜 아이들을 가르치는 것이 자기에게 중요하고, 또 그들을 가르치기 위해서는 자신이 어떤 분야를 공부하고 어떤 마음을 가져야 하는 지, 거기에다 지금의 교육 시스템이 무엇이 잘못되어 있고, 그런 교육 시스템을 고치기 위해서는 자기가 무엇을 해야 하는 지 등이었다.

나는 마리아의 이야기를 들으면서도, 조용히 나를 쳐다보고 있는 마티의 옆모습을 힐끔거리며 쳐다보았다.

그녀를 보고 있으면 어렸을 때의 소녀의 모습이 문득문득 떠올랐기 때문이다. 추억을 되새겨 주는 아름다움이 있다. 그건 여러 빛깔의 유리와 조가비로 만든 모자이크처럼, 자신이 흘린 조각들을 주워 맞춰 주는 타인들이다.

나는 마티가 나에게 그런 존재라고 생각이 되었다. 어쩐지 마티만 보고 있으면 나도 모르게 왠지 기분이 좋아진다….

19. 스코트(Scott)

갑자기 몸이 좌우로 흔들렸다. 기류 변화 때문이었다. 나는 두꺼운 철문처럼 무겁게 눌려두었던 두 눈을 어렵사리 떴다. 어두운 시야 속에서 밝은 빛이 들어왔다. 비행기 속은 조금 전 그대로였다.

새로운 시작을 하기 위해 지금 뉴욕에서 클리블랜드로 향하고 있다. 상원의원 비서직을 그만두고 하원의원에 출마하기 전에, 아첵을 만나 도움말을 듣기 위해서다.

고개를 옆으로 돌리자 노란 실크 스카프의 명암이 잠깐 눈앞에 엿보였다. 짧은 머리에 어울리는 밝은 연노랑 꽃무늬. 테이블을 열고 책을 읽고 있는 한 여인이 두른 스카프 색이다.

무료함 때문인지 그녀는 고개를 가끔씩 좌우로 흔들곤 했다. 스카프의 섬세한 움직임이 뒤 따랐다.

갑자기 프로랄향 향수 냄새가 은은히 밀려왔다. 나는 뒤로 젖혔던 좌석을 바로 세우며 그녀가 향수를 어디에 뿌렸을까 하는 생각을 해보았다.

스카프일까? 목? 아니면 옷? 향수는 경동맥이 촉진되는 목의 맥박 부위에 이슬 맺히듯 살짝 뿌려야 한다. 그래야 심장의 고동소리를 타고 향기가 서서히 퍼져나가기 때문이다. 내밀한 유혹을 가진 향수의 기능은 인간들의 심장을 목표로 한다. 얼마 전 헤어진 여자 친구가 떠올랐다. 그녀는 일곱 가지 향수를 가지고 다니며, 기분에 따라 다른 향수를 뿌렸다. 하지만 향수만큼이나 다양한 그녀의 성격에 결국 나는 이별을 통보하고야 말았다.

엔진의 탁한 기계음 소리는 계속되고 있었다. 조밀하고 특이한 파열음. 저 소리는 뉴욕에서 이륙할 때부터 쉬지 않고 내 귓가를 맴돌았다. 윗옷을 벗어 무릎에 올려놓았다.

창밖을 보니, 비행기에서 보이는 하늘은 온통 구름뿐이었다. 온 천지를 뒤덮은 구름 안개의 하얀 입자. 모든 것이 하얀색이었다. 하얀 빛들도 어둠처럼 사물을 숨기는 본능이 있는가 보다. 보호색. 흰색도 보호색이라는 것이 느껴졌다. 나 자신이 점점 하얀 빛 가운데로 파묻혀 결국은 사라져버릴 것 같았기 때문이다.

비행기 날개가 좌우로 움직였다. 푸른 하늘과 구름들이 만들어낸 수평선도 반복적인 선을 긋고 있었다. 가끔씩 검푸른 지평선도 흔들거렸다. 잠망경으로 내다보는 피사체 모습이었다.

제트 엔진에서 나오는 더운 공기의 흐름도 보였다. 아지랑이 같은 부분적인 변화였다. 상하 고도를 유지 시켜주는 상어지느러미 모양의 보조날개도 보였다. 보조날개가 지느러미처럼 위아래로 움직일 때마다 비행기의 몸체도 조금씩 고도를 바꿔 가고 있었다.

 나는 보조날개에 시선을 고정한 채, 비행기나 물고기처럼 자유스럽게 인생의 고도를 바꾸어가며 살고 싶어 하는 나를 생각해 보았다.

 부레와 같은 공기주머니를 가지고 자신의 균형을 위아래로 옮겨가며 산다는 것. 그건 아마도 생명체가 누릴 수 있는 자유이고 의미인 것 같았다.

내가 온다는 연락을 받아서인지, 찰스 선생님께서 공항으로 차를 가지고 오셨다. 그리고 함께 헬렌의 집으로 갔다. 헬렌은 역시나 나를 무척 반기시며, 점심식사까지 준비해 주셨다. 나는 그들과 식사를 하면서, 나의 정치적 신념과 장래에 대해서 이야기를 하며, 그들에게 많은 조언을 부탁했다. 찰스와 헬렌은 빙그레 웃으시며, 모든 일들은 흐름이 있으니, 그 흐름을 놓치지 말라는 간단한 대답만 똑같이 하셨다. 다만 정치를 하는 사람의 약속과 행동에는 반드시 책임과 비판이 뒤따르게 되므로 시민들에게 겸손함과 진실성을 보여주어야 한다는 것을 나와 헤어지기 전 여러 차례 강조하셨다.

식사가 끝난 후 나는 찰스 선생님과 함께 쿠야호가 계곡으로 향했다. 별로 멀지 않는 길이지만 오늘따라 지평선이 끝없이 펼쳐진 끝이 없는 도로를 달리는 듯한 느낌이 들었다. 새로운 도전에 긴장을 해서일까? 차창 밖으로 지나가는 풍경들도 예전과 달라 보였다.

오랜만에 보는 아첵의 모습은 무척 쇠약해 보였다. 볼살이 많이 없어져 광대뼈가 더 튀어나오셨고, 몸도 예전보다 더 메말라 보이셨다. 눈빛에서 나오는 맑고 형형한 기운만 없다면, 나약한 병자라 생각했을 것이다.

아첵은 나와 여러 이야기를 주고받다가, 자신이 최근에 가르쳤던 여학생에 관한 이야기를 들려주셨다. 내가 뉴욕에서 하원의원 선거에 나가는데, 뉴욕대학에 다니는 그녀가 아마도 큰 도움이 될 거라는 말을 하시며, 그녀의 이름은 마티이고, 그녀에게 맑은 영혼을 가진 자 라는 별명을 붙여주셨다고 했다.

아첵은 전수자들을 가르치시며 별명을 하나씩 붙여주는 습관이 있으셨다. 그와 대화를 나눌 때 우리들에게 느껴졌던 것들을 비유하여 지은 것들이다.

찰스는 후손을 가르치는 자. 헬렌은 운명 개척자. 그리고 토마스는 풍요로움을 가져오는 자. 나에게는 정치에 대한 내 꿈을 들어서 인지 대중을 위한 집행자라 불렀고, 이라크에서 전사한 에릭은 사자의 심장을 가진 자. 그리고 그의 아들 리차드는 침묵의 관찰자였다.

나는 마티의 이름을 말할 때 웃는 아첵의 모습에서 그녀에 대한 궁금증이 점점 커졌다. 대체 어떤 성격을 가졌으며, 아첵이 나에게 추천을 할 정도로 지혜로운지 알고 싶었다. 찰스 선생님과 헬렌에게서도 그녀가 뉴욕대학에 다니고 있다는 말을 들었으므로, 내일 뉴욕에 돌아가면 꼭 한 번 만나봐야겠다는 생각이 불현듯 들었다. 찰스 선생님이 나의 마음을 읽었던지, 그녀의 핸드폰 번호를 적어서 내게 주었다.

아첵에게서 많은 이야기를 들었다. 아첵은 나에게 자연의 기운이 예전 같지 않다고 했다. 자연의 모든 생명체들이 점점 아파하는 것 같다는 것이다. 환경이 너무 빨리 변하고, 매일매일 엄청난 양의 독극물을 만들어 뿜어대는 인간들 때문에, 어머니 지구의 몸이 점점 더 돌이킬 수 없는 단계에 이르고 있다는 것이다.

아첵은 나에게 정치인으로서 힘이 생기면, 반드시 사라지려는 인간들과 어머니와의 접촉점을 다시 연결시키기 위해 노력해야 한다고 하셨다. 정치가들의 힘이 앞에서 이끌어야 변화가 촉발되며, 그래서 나의 생각과 행동이 아주 중요하다고 하셨다. 그리고 나에게 많은 용기를 주고, 내가 떠날 때까지 여러 가지 조언을 해 주셨다.

20. 스코트(Scott)와 마티(Marti)

  나는 고등학교 때 교내에서 실시하는 수필 대회에서 최우수상을 받은 적이 있었다. 그때 내가 다루었던 내용은 인간의 생이란 무엇인가란 물음의 해답 없는 수수께끼 풀이였다.

  지금 읽어보면 그 글의 수준은 작가를 동경하는 학생 수준의 습작 정도를 크게 벗어나지 않았지만, 경쟁만 하는 사회시스템을 보고, 희망이란 단어를 만들기 위해 쓴 돌파구였던 것 같다. 그때 난 파스칼의 팡세 한 부분을 인용했던 기억이 난다.

  '인간의 맹목과 비참을 보고, 말 없는 전 우주를 바라볼 때, 인간이 아무런 빛도 없이 홀로 남겨졌으며, 우주의 이 한 구석에 방황하고 있듯이, 누가 자신을 거기에 놓았는가, 무엇하러 그리로 왔는가, 죽으면 어떻게 되는가도 모르고, 모든 인식을 빼앗기고 있는 것을 볼 때, 나는 잠든 사이에 무서운 황폐한 섬으로 데려와져서, 깨어보니, 자신이 어디에 있는 것인가?도 모르며 거기에서 도망쳐 나올 수단을 모르는 사람처럼 공포에 떤다…,'

  그리고 내 글을 읽은 찰스 선생님이 내게 아책을 소개

시켜 주었다. 나는 찰스 선생님을 따라 쿠야호가 계곡으로 가게 되었고, 그곳에서 만난 아첵의 눈빛에 매료되어, 시간만 되면 그를 찾아갔으며, 그가 하는 말들을 하나도 빼놓지 않으려 메모도 했고, 지금도 어려운 일들이 있을 때마다 그때의 메모를 꺼내 읽으며 마음가짐을 다시 하려고 노력을 한다.

지금 생각해보면, 외교관이셨던 아버지께서 테러 때문에 중상을 입고 오랫동안 병원치료를 받으시는 것을 보고, 어린 내가 큰 충격을 받았던 것 같다. 아첵은 어른이 되기 위해 몸부림치는 나에게 안정감을 가르쳐 준 인생의 큰 스승님이시다.

나는 마티가 공부하고 있는 뉴욕대학으로 찾아갔다. 아
책의 안부와 편지를 전하러 갔다. 마티는 아름답고 맑은
눈을 가진 여자였다. 내가 예전의 대학생이었다면 그녀
를 쫓아다녔을 지도 모른다는 생각이 들었다. 아책이 왜
그녀를 아끼는 지 이제 이해가 갔다. 마티는 나를 도와
주라는 아책의 편지를 받고, 다소 의외라는 표정을 지었
다. 그녀가 다시 나에게 건네준 아책의 편지에는 이렇게
쓰여 있었다.

'만약 그렇게 될 운명이라면 그렇게 될 것이다.
 전수자들의 연결점이 시작되려는 것 같다.
 생각이 바뀌면 행동이 변화되고
 운명의 씨앗이 열매를 맺기 시작한다.
 너의 결심과 행동은 미래의 씨앗을 잉태하게 만든다.
 보이지 않는 힘들이 너희들을 어지럽게 할 것이나,
 서로의 도움은 강한 의지를 만들어 낼 것이다.'

 마티는 내가 하원의원에 출마를 한다는 이야기를 듣고
비로소 아책의 편지 내용을 이해했다. 나에게 힘이 되어
주라는 아책의 말에 그녀가 공감을 한 것이다.
 나는 그녀에게 내 전화번호와 명함을 주고 자주 연락을
취하겠다고 말했다. 마티도 학생이라 수업 때문에 바쁘

지만, 나의 선거구가 이곳이라 도움이 된다면, 정성껏 힘이 되어주겠다고 말했다.

나는 고맙다고 말하며, 선거 캠프 조직을 위해 이번 주말부터 같이 만나자고 했다. 마티는 알겠다고 대답하며 다시 수업을 들으러 강의실로 들어갔다.

마티와 나는 점점 친해졌다. 나는 차를 가지고 가서 마티의 수업이 끝나기를 기다렸다가, 그녀가 나타나면 그녀를 태우고 이틀에 한 번씩 선거 캠프로 향했다.

오늘은 주말이라 뉴욕대학 앞의 워싱턴 스퀘어 공원에서 정오부터 마티를 기다리고 있다.

워싱턴 스퀘어 공원에는 많은 사람들이 있었다. 벤치에 앉아 한가로이 책을 읽거나, 공원 가운데서 음악가의 피아노 연주를 듣거나, 조용히 산책을 즐기는 이도 있었다.

약속한 장소인 개선문 모양의 육중한 워싱턴 스퀘어 아치 앞에 마티가 나타났다.

"안녕하세요. 스코트. 내가 버스를 타고 가도 되는데 매번 차를 가지고 와 주니 미안하네요."

"당연히 내가 해야 될 일이죠. 나에게 마티는 오른팔 같은 존재입니다."

"그래요? 그 말을 들으니 어쩐지 기분이 좋네요. 아침을 아직 안 먹었는데, 가까운 곳에서 브런치라도 드실래요?"

"좋아요. 나도 아침을 먹지 않았어요."

마티가 나를 근처 도조 레스토랑이란 조그만 식당으로 데려갔다. 음식 값이 저렴한지 많은 대학생들과 교직원들로 붐비고 있었다.

마티는 두부로 만든 햄버거를 시켰는데, 칼로리도 적고 단백하여 자주 먹는다고 했다. 나도 맛이 어떤지 보겠다며 콜라와 함께 같은 것을 시켰다.

"뉴욕대학 대학 생활은 좀 어때요?"

"학과 공부는 별로 재미가 없어요. 전 교과서 책보다는 몸과 마음으로 부대끼는 정치적이고 현실적인 일들이 맞나 봐요."

"정치적이고 현실적인 일이라요?"

"유네스코(UNESCO)에서 하는 세계시민교육(Global Citizenship Education)에 많은 흥미를 가지고 있어요. 수업이 없는 날에는 항상 그 프로그램에 참관 학생 자격으로 참여하고 있어요."

"세계시민교육 프로그램요? 그런 게 있었나요?"

"정치를 하는 사람이 그런 걸 모르다니요. 나라와 민족을 떠나, 세계인들에게 공동체 의식을 심어주는 그런 교육을 모른다구요? 더구나 국가 간의 분쟁을 없앨 수 있는 실마리라서 정치인들은 분명히 알고 있어야 한다고 생각이 드는 데요?"

"아마 나처럼 모르는 사람들이 많을 걸요? 유네스코에서 홍보가 부족하기 때문이 아닐까요?"

"그렇긴 하죠. 인터넷이나 모바일을 통한 홍보는 계속하고 있는데 그게 사람들에게 피부에 와 닿지 않는가 보아요. 아무튼 저는 인간들이 이미 삶에 적응하기 위한 동물적 진화과정은 끝났다고 생각해요. 이제는 밝은 미래를 위한 정신적 진화가 이루어져야 되죠. 민족이 다르고, 피부가 다르고, 종교가 달라도, 정신적으로 조화를 이루는 그런 다음 단계가 우리에겐 필요해요."

"후-. 아책의 말대로 대단한 여학생이네요. 좋은 말이지만, 뉴요커들의 생활은 먹고 사는 것이 가장 중요하고, 조그만 휴식도 사치로 여겨지는 바쁜 삶을 살고 있어서, 유네스코의 활동에 관심이 없는 사람들도 많아요."

"그렇죠. 당연하겠죠. 그런데 스코트는 상원의원 비서 일을 왜 그만 두신 거죠?

"상원의원의 비서 업무들은 사실 생각보다도 허드렛일이 많아요. 마치 파티를 주재하고 계획하는 사람처럼, 의원님의 일과를 체크하고 연결하며 약속장소를 잡고 , 여러 하찮은 일들을 처리합니다. 물론 새로운 법안이나 수정 법안 같은 일들이 생기면, 의원님 대신 내가 항목들을 챙기고, 또 각 해당분야의 전문부서 사람들을 만나 정리해야 하기 때문에 많은 것들을 배우기는 합니다. 하지만 제 소신껏 일을 하려면 이렇게 독립을 하고 스스로 정치에 뛰어들어야겠다는 생각을 했어요."

"정치인들이 하는 행동들을 보고 있으면, 서로의 이기심에 반대 정당과 밀고 땡기기에만 매달리는, 권력의 밥그릇 싸움 같다는 생각이 들어요."

"나도 대학교 다닐 때는 그런 생각을 했었어요. 그리고 한 때는 정치에 대한 무력감과 회의감에 빠져 그만두고 싶은 적도 있었어요. 하지만 아첵이 가르쳐 준 지혜들을 날마다 생각하며 방향을 잡으려고 노력하죠."

"아첵을 정말 좋아하는 것 같군요."

"당연하죠. 마티는 아닌가요?"

"저도 그래요."

"제 향수 냄새가 어때요?"

"네?"

"오늘 마티에게 잘 보이려고 새로 산 향수인데, 냄새가 괜찮나요?"

"향수를 뿌린 지도 몰랐는데…."

"네?"

"아뇨. 지금 생각해보니 좋은 냄새가 나는 것 같기도 해요…."

"그래요?"

마티가 나를 쳐다보며 피식 웃었다.

"정치인이 이런 행동을 하니, 약간 귀엽군요."

"내가 귀여워요?"

"아뇨. 마리아랑 같이 다니다 보니, 마리아가 입버릇처럼 말하는 단어를, 나도 모르게 내뱉고 말았네요…."

"…"

"참! 리차드에게 연락이 왔었는데, 스코트 이야기를 했어요. 그랬더니 나중에 리차드와 3명이서, 꼭 같이 한 번 만나자고 하더군요."

"그래요?"

"네. 괜찮죠? 리차드와 약속이 잡히면 바로 알려 드릴게요."

"알았어요."

21. 마티(Marti)의 일기장

어렸을 때부터 난 습관적으로 기억하고 싶은 사람은
첫 만남부터 집중적인 주시를 시작하여
오랜 탐색과정을 거치고 난 후
비로써 친구로 받아들이는
옹고집적인 습관을 지니고 있다.
리차드가 첫 번째 대상이었다.
난 그에 대한 어떤 의미를 찾기 위해선
아마도 기나긴 시간이 더 필요할 것이라 생각했다.
그런데 갑자기 스코트를 만났다.
스코트는 이스트 빌리지에 살고 있어서
가까운 뉴욕대학이 있는 워싱턴 스퀘어에
수시로 나를 데리러 왔다.
간혹 그는 내게 꽃을 건네고 윙크를 하기도 한다.
지난주에는 빨간 장미 한 송이와
하얀 백합 한 송이를 받았다.
장미는 테이크(Take), 사랑을 받고 싶은 것을 뜻하고,
백합은 기브(Give), 사랑을 주는 것을 뜻한다지?
그는 나에게 주는 것과 받는 것,

공평하게 모두를 하나씩 주었다.

꽃을 담은 상자에는 작은 향수도 하나 놓여 있었다.

그가 혹시 나를 좋아하는 걸까?

아책의 편지 때문에 그를 돕고 있지만

만난 지 얼마 되지도 않았는데

너무 빨리 가까워진 느낌이다.

하얀 백합의 여섯 개 꽃잎들이 감싸고 있는 세상은

너무나 아름답다.

나는 과연 장미의 정열과

백합의 순결 중 어느 것을 좋아할까?

남녀 간의 감정이란 참 묘한 것이다.

나에게 리차드와 스코트란

두 남자의 얼굴이 동시에 떠오르다니….

리차드는 되도록 나의 말을 들어 주는데 집중을 한다.

스코트는 매너가 있고 아주 세련되었지만

너무나 현실적이고 정치를 하는 사람이라 야망도 크다.

오늘 미드 타운에서 먹은

스코트와의 저녁식사는 정말 맛있었다.

그의 남성적인 몸매와

신사다운 정장이 묘한 느낌을 불러일으킨다.

그런데 스코트가 나를 차로 숙소까지 바래다주며

차 안에서 나에게 키스를 시도했다.

나는 멈칫하고 강하게 그를 밀쳐냈지만

그의 억센 팔과 갈망하는 그의 눈빛에 이끌려

처음으로 남자에게 입술을 허락하고 말았다.

난 지금 이 일기를 쓰면서도 그 사람의 숨결을 느낀다.

이런 게 옳은 일일까?

남자의 모든 행위는

욕망의 결핍에서 시작된다고 마리아가 말했다.

남자들의 행동은 아주 이성적이지만

본능에 대해 상당히 현실적이라는 것이었다.

하지만 여자들은 그런 동물 같은 남자들을

길들이며 진화를 했다고 걱정하지 말라고 했다.

나중에 저절로 알게 될 것이라나?

마리아의 말이 무슨 뜻인지…

나는 전혀 모르겠다….

내일 마리아에게 다시 한 번 물어 봐야겠다….

22. 리차드(Richard)와 마리아(Maria)

나는 가끔, 내가 살고 있는 뉴저지의 웨스트 뉴욕의 허드슨 강가에 있는 파빌리언 의자에 앉아, 반대편 맨해튼 시가지의 모습을 스케치하곤 한다.

수많은 고층 빌딩들의 모습들은 마치 영화에나 나오는 제국주의의 거대한 성채처럼 보이기에, 나는 망설임 없이 도시 아래로 흐르는 허드슨 강을 그리고, 그 강위에 떠있는 몇 개의 배를 그려 넣어 구도의 조화로움을 입히려고 노력한다. 경쟁만을 부추기는 이 회색빛 도시에 그런 자연스러움을 그려 넣지 않으면, 나중에 불완전한 그림이 된 듯한 느낌이 들기 때문이다.

나는 병원을 찾아오는 환자들이 부자보다는 가난한 사람들이 더 많고, 집이 있는 사람들보다는 집이 없는 사람들, 친구들이 많은 사람들보다는 친구들이 더 없는 사람들이 더 아프고 더 자주 병원에 온다는 사실을 체험으로 알고 있다.

처음 이곳에 근무를 시작했을 때, 이 부유한 뉴욕에서 갈 곳 없고 외로운 사람들이 아주 많다는 사실에 무척 놀랐었다. 뉴욕은 돈이 많은 부자들이 몰려있는 곳이지만, 동시에 하루 벌어 하루 먹고 사는 사람들도 정말 많았다. 부자들의 쾌락적 웃음소리와 노동자들의 땀이 어우러져 있고, 창조자들의 광기와 서비스업종의 웃음들이 함께 부대끼는, 묘한 복합적 다양성이 함께 공존하는 도시인 것이다. 나는 돈으로 사회를 움직이는 부자들의 욕망과 자신을 희생시켜가며 일하는 노동자들의 희생정신과의 간격이 너무 커질 경우, 언젠가는 질병처럼 많은 사람들을 아프게 할 것이라는 것을 안다.

병원을 찾은 많은 환자들을 보며 매일매일 시계추같이 반복되는 생활을 하고 있다. 기차가 돌아가며 피아노 소리를 울리는 장난감처럼 정해진 궤도를 벗어나지 않고 계속 곁눈질 없이 돌고 있다.

그나마 그런 단순함에서 벗어날 수 있었던 것은, 병원 일을 마치고 집으로 돌아갈 때 쯤 나를 유혹하는 싱그러운 날씨였다. 속살거리는 날씨와 뉴욕의 밤바람은 바람난 여자처럼 날 자주 허드슨 강이 있는 해변도로로 유혹했다. 가끔 후미진 해안가에 앉아서 음악을 들으며, 방파제 기슭에 부딪히며 거품을 쏟아내는 생동하는 파도를 보면서 스트레스를 풀곤 한다.

오늘 저녁은 마티와 마리아를 함께 만나기로 한 날이다. 마리아가 나에게 전화를 걸어 마티와 함께 3명이서 저녁을 같이 먹자고 했던 것이다.

헌데 병원으로 찾아 온 모습에서 마티는 보이질 않았다. 마리아 말에 의하면 무슨 일이 있어 그녀 혼자만 왔다고 했다.

마리아는 나를 보자마자,

"리차드 오랜만에 보니 정말 반가와요."

하며 가벼운 포옹을 했다. 그녀가 웃을 때 흔들리는 하트형의 작은 목걸이와 삼각형의 은빛 귀걸이가 꽤 인상적이라고 느껴졌다.

나도 그녀를 반기며, 병원근처에 내가 자주 가는 레스토랑으로 그녀를 데려갔다.

식사를 하는 중에도 그녀는 항상 밝게 웃으며 이야기의 분위기를 주도했다. 그녀의 목소리는 특이한데, 온음계 변화 보단 반음계 음색이었다. 장조의 화음보단 단조의 음색. 그녀의 웃음과 행동에도 사실 그런 색깔의 음색이 섞여져 있었다.

"내가 뉴욕을 좋아하는 이유가 있어요. 내가 중학교 때 아빠를 따라 뉴욕에 관광하러 왔을 때 난 마음속으로, 와! 이 조그만 도시에 대체 얼마나 많은 다양한 사람들이 살고 있는 거야? 대체 이렇게 많은 외국인들은 어디에 묵고, 어디에서 나타나는 거지? 하고 놀랐었죠. 그래서 대학은 꼭 뉴욕으로 오자고 마음을 먹었었어요."

"그랬었군. 활기찬 대도시가 좋아서 온 것이군."

"맞아요. 언젠가 신문에서 읽었는데, 매일 출퇴근하는 맨해튼의 인구는 약 160만 명이지만, 맨해튼을 찾는 관광객의 수와 주변 뉴저지, 브롱크스, 퀸스, 브루클린 등에서 출퇴근하는 사람들까지 합하면 300만 명이래요."

"그래?"

"혹시 뉴욕에서 관광객과 이곳에서 생활하는 뉴요커를 구별하기는 방법을 아세요?"

"글쎄?"

"사람들 표정 속에 강박관념 같은 불안감과 긴장감이 있으면 100% 뉴요커이고, 그런 표정이 없으면 다 관광객들이래요."

"하하―, 그럴듯하군."

"그런데 표정이 별로 밝지 않으시네요. 마티와 함께 오지 않고 저 혼자만 와서 실망하신 거예요?"

"아냐! 그냥 마티랑 같이 왔으면 더 좋았을 텐데. 마티가 바쁜가 보지?"

"마티요? 마티는 지금 사랑에 빠져 있는 것 같아요."

"사랑에 빠지다니?"

"애인이 생겼어요."

"애인?"

난 갑자기 마티에게 애인이 생겼다는 말에 깜작 놀라, 마리아의 얼굴을 쳐다보았다. 마리아가 눈치를 챘는지, 피시식 웃음을 흘리고 나서, 의자를 가까이 하더니 다시 말을 했다.

 "애인은 아니고 그냥 친구라는 말이 맞겠죠. 마티 성격에 어디 그리 빨리 애인이 생기겠어요? 농담이에요."

 "농담? …그래도 가까운 친구는 있나 보지?"

 "글쎄요…, 그가 남자친구일까? 아니에요. 그냥 친한 것뿐이에요. 리차드도 알고 있는 스코트에요. 지금 하원의원에 출마한 인기 있는 젊은 정치인이죠. 집안에 정치가나 외교관들이 많아, 조만간 스코트도 하원의원이 될 것 같아요. 마티는 아마도 지금 그 사람의 선거 캠프에서 그를 도와주느라 이번 약속에서도 빠진 걸 거예요."

 "아―, 그런 거였군…. 마티에게 스코트에 관한 이야기를 듣기는 했지만, 스코트의 선거 운동에 까지 깊이 관여하고 있는 지는 전혀 몰랐어."

 "그래요? …그건 그렇고, 조금 덥지 않나요?"

 마리아가 더위를 느낀 듯, 한 손으로 얼굴에 대고 부채질을 하더니 겉옷을 벗었다. 하얀 셔츠의 밝은 빛깔이 불빛에 흔들거렸다. 7녀의 가슴은 그녀가 숨을 쉴 때마다 한껏 부풀어 올랐다 내렸다 반복을 하였다.

그녀는 옷을 옆 의자에 조심스레 걸친 후, 포도주 잔을 들어 다시 한 모금 마셨다. 그리고 입가에 가벼운 웃음을 지었다. 마리아가 포도주를 추가로 주문했다.

웨이터가 가져다 준 포도주를 마리아에게 따라주며, 마리아의 학교생활이나 뉴욕에서 마티 외에 어떤 다른 친구들을 사귀었는지 그녀에게 물어보았다.

그녀는 마티와 단짝이기도 하지만, 그녀와 성격이 다른 많은 친구들이 있으며, 주말에는 클럽도 자주 가고, 영화도 본다고 했다.

난 병원이 워낙 바쁜 탓에 TV나 영화들을 잘 보지 못하고, 병원에 근무하는 의료인들 외에는 일반인 친구들을 사귀기가 참 힘들다고 말했다.

그녀는 내가 작가가 되고 싶어 틈틈이 시간을 내어 소설을 쓰고 있다는 말에 상당히 긍정적인 반응을 보였다. 그리고 언젠가 마티가 나에게 말했듯이, 자기도 첫 번째 독자가 되겠다며, 꼭 좋은 책을 쓰길 바란다며 포도주 잔을 부딪쳐 오기까지 했다.

식사가 끝나자 레스토랑을 나와 그녀와 헤어지려 했다. 하지만 마리아가 이른 시간에 집에 들어가기 싫다고 실랑이를 벌이더니, 주위를 두리번거리다가, 근처 칵테일 바를 발견하고, 나를 억지로 안으로 끌고 들어갔다.

그녀는 잡아채듯 나를 자리에 앉혔다. 그리고 핑크레이디 한 잔을 시켰다. 나는 어쩔 수 없이 집에 가려는 것을 포기하고, 평소에 먹는 샴페인 보드카를 주문했다.

"평소 자몽 마티니를 즐겨 먹는데 오늘은 조금 색다른 칵테일을 먹고 싶어요."

"칵테일을 즐겨 마시나 보지?"

"전 완벽한 첫 데이트를 원하거든요."

"첫 데이트라니?"

"그럼요. 남녀가 이렇게 만나 식사를 하고, 또 술집까지 오게 되었으니 분명 데이트죠!"

"…"

마리아는 칵테일이 테이블에 놓이자마자, 한 잔을 단 숨에 들이켰다. 그리고는 또 한 잔을 주문했다.

"사실 저는 많은 남자들과 가벼운 데이트를 즐겨요. 한 남자를 오래 만나지도 않죠. 데이트 상대가 자주 바뀌는 스타일이라 어떤 남자와의 만남이나 헤어짐도 크게 두려워하지 않아요."

"무슨 뜻인지 모르겠지만, 아마도 나는 마리아가 두려워해야 할, 그런 상대는 아닌 듯 싶은데…."

"모르는 일이죠. 사실은 리차드를 처음 보고 꼭 데이트를 해보고 싶었어요. 여대생들은 의사들이 친절하고 엘리트 같다는 호감과 선입관을 가지고 있거든요. 리차드는 확실히 제가 데이트하고 싶은 상대여요."

"술에 취했나? 너무 일방적인 것 같군…."

"일방적인 모험이 사건을 만들어내죠! 모험이 있어야 사는 것이 재미있죠. 전 저에게 자극을 주는 것에는 항상 시간과 인생을 전부 다 걸거든요."

"인생을 건다니…, 무슨 뜻이지?"

"어느 테두리에 들어가면 마음이 편안해지고 즐거워질 때가 있잖아요? 전 그런 기회나 느낌이 오면 물불을 가리지 않고 뛰어든다는 것이죠."

"보기보다 마리아는 상당히 저돌적인 스타일이군."

"그래요. …그런데 사실, 리차드처럼 착하게 보이는 사람들에게만 그래요."

"…"

마리아는 남은 칵테일을 다시 훌쩍 들이켰다. 난 말없이 그녀를 쳐다보았다. 그녀의 얼굴빛은 이미 붉게 물들어 있었다. 나는 그녀가 혹시 이러다 아주 술에 취하지 않을까 걱정이 되었다.

그녀가 또 술을 시키자 만류했다. 하지만 그녀는 그런 나의 행동에도 아랑곳 하지 않고 계속해서 술을 시켜 마셨다. 나는 최대한 그녀를 자제시키며 술을 천천히 마시도록 유도했다. 그리고 기회를 봐서 그녀를 빨리 집으로 보내야겠다는 생각까지 염두에 두었다.

그녀의 혈액은 이미 알코올의 함량이 높아졌는지, 그녀가 말을 하며 깊은 숨을 내 쉴 때마다, 짙은 술내음이 은은히 풍겨져 나오고 있었다.

"심리학에 심취한 적이 있어요. 심리학이란 게 그래요. 인간들의 복잡해진 마음을 단순한 쪽으로 유도 심문하는 것 아니겠어요? 어떻게 해서든 무의식에 자리 잡고 있는 의식들을 객관화 시켜야 마음의 안정이 찾아오기 때문이죠. 사업하시는 아버지는 제가 어렸을 때 다른 여자와 눈이 맞아 엄마를 버리셨죠. 엄마 역시 이혼하시면서 받은 많은 재산으로 다른 남자를 만나 지금 잘 살고 계시죠. 비록 전 그런 엄마 곁에서 부족함이 없이 귀여움을 독차지하고 자랐지만, 마음속에서는 이미 사람

들 인생이란 게 다 이런 거구나 하며 자랐죠. 그 때부터
전 어떤 갈등 같은 것을 스스로 만들며 느끼는 것은 바
보 같다는 생각을 했었죠. 자신이 자신을 속박시킨다는
것을 이해 못한 거죠. 전 엄마가 주는 용돈으로 부자 친
구들과 어울려 놀며 즐거운 것에만 집착했어요. 몇몇 친
구들은 그런 나를 보고 방탕하다고 비웃기도 했지만, 저
는 제 환경에서는 이런 저의 행동이 편하고 자연스럽다
고 생각했어요. 외로움을 없애주니까요. 헌데 마티를 만
나면서부터 내가 달라졌어요. 마티는 내 성격을 이해해
주었죠. 말도 많이 했어요. 마티는 제게 유일하게 마음을
열어준 진심 어린 친구이죠. 마티도 내게 자신의 감정에
충실하는 것이 진정한 삶의 행복이라고 했어요. 그래서
그 이후로 저는 마티를 따라다니며, 공부도 같이하고, 단
짝 친구가 된 것이죠. 마티는 나의 모든 것들을 잘 받아
주었는데, 아마도 가족들이 주지 못한 정들을 마티에게
서 받은 것 같아요."

"…"

사실 마리아의 행동을 보고, 야누스적 두 가지 심성이
어떻게 저렇게 잘 혼합되어 있는 지 궁금했다.

로마 신화에 나오는 문(門)의 신 야누스. 그녀는 앞뒤로
두 개의 얼굴을 가진 야누스처럼, 그녀의 마음속에 서로
다른 두 개의 얼굴이 있었다.

하지만 그녀의 말을 들으니 이제 이해가 되었다. 그녀의 마음을 진실로 알게 된 것이다.

나는 곤란한 일이 생기면 항상 어떤 흐름의 한 순간이라 생각한다. 그리고 쉽게 물살에 몸을 맡겨 버리는 습관이 있다. 물살을 거슬러 올라가기보다는, 그런 거센 결의 흐름에 몸을 맡긴다는 것이다.

바위란 거대한 돌들이 자갈이 되고, 또 그런 자갈들이 굴러서 모래가 되고, 그런 모래들은 결국 더 작은 알갱이로 변화되어 우리 눈에서 사라지는 그런 원리로, 모든 흐름을 그렇게 단순화 시킨다는 말이다.

지금 마리아의 말들과 행동들을 나는 그런 흐름의 중간으로 생각했다.

내가 말없이 조용히 고개를 숙이고 있자, 그녀가 내 옆으로 오더니 귓가에 입술을 가까이 대고 이제 집으로 가자고 했다. 나는 정신을 차리고 웨이터를 불러 계산을 했다. 그리고 그녀와 함께 밖으로 나왔다.

막 택시를 잡으려고 하는데, 마리아가 갑자기 내 앞을 가로막았다. 그리고 내 얼굴에 대고 크게 소리를 질렀다.

"리차드는 나에게 추억이 될 수 있는 사람 같아요."

"많이 취한 것 같군…."

"인 취했어요!"

그녀의 목소리가 갑자기 공간속으로 확 올라갔다.

난 그녀의 그런 태도에 기가 죽어 잠시 할 말을 잃었다. 그녀가 잠시 나를 지긋이 쳐다보더니, 그녀의 얼굴을 서서히 나에게 가까이 했다. 나는 흠칫 놀랐다. 하지만 그녀를 피하지 못 하고 멍하니 바라보았다. 그녀는 나를 서서히 감싸 안더니, 이윽고 격렬한 키스를 해왔다.

 나는 거부를 하려다가, 조용히 눈을 감고, 그녀가 입술을 떼기만을 기다렸다. 만약 여기서 그녀를 밀어냈다가는 분명 그녀의 마음과 성격에 큰 상처를 줄 것이라는 예감이 떠올랐기 때문이다. 그녀가 키스를 마치고 내 눈을 다시 바라보았다. 그녀의 눈빛에 열정과 슬픈 기운이 묘하게 겹쳐져 있었다. 잠깐의 정막이 둘 사이에 흘렀다. 마리아가 나를 다시 포옹했다. 코끝으로 그녀의 향수냄새가 진하게 느껴졌다. 조금 전에는 몰랐는데, 그녀의 냄새가 향긋하다는 생각이 순간 들었다.

 하지만 곧 정신을 차렸다. 페로몬에 약한 바보 같은 남자들…. 막상 열정적인 그녀의 입술을 느끼니, 내 자신이 그녀의 몸속으로 스며드는 듯한 느낌이 들었던 것이다. 처음 느껴보는 이상한 감정이었다.

 바람 때문인지 술기운 때문인지는 몰라도 그녀의 뺨은 붉게 상기되어 있었다. 그녀의 얼굴이 그녀가 첫 번째 시켰던 핑크레이디와 같다는 생각이 들었다. …그리고 그녀가 마지막에 시킨 칵테일은 엔젤스 키스였던가?

23. 리차드(Richard)의 일기장

오늘 마리아를 만났다.

너무 바쁜 병원생활에 지쳐서일까?

의지력마저 약해진 듯싶다.

뜻하지 않게 그녀에게서

선인장의 가시와 장미의 향기를 동시에 느꼈다.

선인장 중엔 밤에만 꽃이 피어

월하미인이란 별명을 가진 공작 선인장이 있다.

밝은 햇빛의 뜨거움보다는

어둡고 자극적인 밤을 더 즐기는 식물이다.

이런 선인장과 마찬가지로

마리아는 깊은 밤을 즐기는

이중성격을 지닌, 유혹의 꽃이었다.

그런데 그녀는 흙과 햇빛에게서만 양분을 취하는

아름다운 꽃이 아니었다.

정과 사랑 그리고 욕망….

모든 것을 탐닉하고 싶어 하는 꽃이었다.

아무튼 오늘 그녀의 묘한 색깔과 향기에 취해
내 자신을 잃었던 것 같다.
붉은 장미를 가만히 들여다보고 있으면
선연한 붉은 색 보다는
어둠처럼 은은히 내비치는 검붉은 색이
더 여인의 향기처럼 매력적이고 유혹적이다.
마리아가 그런 색깔을 지니고 있었다.
하지만 장미가 감추고 있는
날카로운 가시를 조심해야 한다.
가시에 찔리는 자는
돌이킬 수 없는 상처를 가질 수 있기 때문이다.
주홍색 꽃을 피운 석류나무는
뜨거운 여름을 견디며 가을에 열매를 맺는다.
개구리 알처럼 두꺼운 껍질을 뚫고 나온 씨앗들은
그것을 보는 자의 침샘과 함께 그의 마음도 자극한다.
마리아.
그녀의 등장은 나에겐 매혹적인 장미와 같으면서도
자극적인 석류의 씨앗처럼 보였다.

어떤 이들은 꽃에 매료되어

꽃잎 모두를 하나하나 떼어 보고 싶은

파괴적 본능도 있을 것이다.

하지만 관조적 본능이나 파괴적 본능.

난 이 두 가지가 다 사치라 여겨진다.

갑자기 그녀의 마음속에도

마티처럼 눈에 보이는 정문 외에도

조그만 사잇길로 뚫어진

몇 개의 덧문들이 있을 것 같다는 생각이 들었다.

평상시에는 넝쿨과 가시에 가려져 숨겨져 있지만

따뜻한 햇살이 비추면 환하게 열리는

그런 비밀을 간직한 덧문들.

만약 내가 유리막대 같은 그녀의 빗장을 풀면

그녀의 내부에는 과연 어떤 것들이 존재할까?

'나중에 다시 전화할게요.'

란 말만 남기고 서둘러 떠난 그녀.

그녀의 멀어져 가는 목소리가

유달리 가슴 속에서 크게 울려 퍼진 하루였다.

24. 스코트(Scott)

 이상한 세상이다. 독특한 자극이 없이는 누구에게도 기억이 되지 않는, 이상한 곳에서 나는 지금 살고 있다. 모두들 너무나 자극적인 방향으로 만 치닫고 있다는 느낌이다.

 가장 무도회(假裝 舞蹈會). 현대인의 삶은 이제 가식적인 무대만 존재하고 있다. 개인적인 자유를 맘껏 즐기는 것 같지만, 사실은 모두가 수동적으로 살아가고 있다는 느낌이다. 누가 우리를 옭매고 있는 것일까?

 관습에서 탈출할 수 있는 자유가 우리들에게 있는 걸까? 사회가 만들어가고 있는 부작용 때문에, 우리들 모두는 날개를 잃은 새들처럼, 뒤뚱거리며 살아야만 할까? 어떻게 해야만 할까?

 며칠 전 또 뉴욕의 한 학교에서 총기에 의한 살상사고가 났다. 하늘이 무너지는 듯한 슬픔을 느꼈다.

 우리 정치가들은 대체 무엇을 하고 있는 것일까? 왜 이런 일들이 자꾸 벌어진다는 말인가?

 역사란 거대한 수레바퀴를 올바르게 돌려야 하다. 뼈를 깎는 노력 없이, 표만 얻으려는 무책임한 정치인들이 많다. 왜 이런 일들을 막을 법안을 만들 수 있는 데도, 최선을 다 하지 않는단 말인가.

나는 내가 알고 있는 정치와 관련된 사람들에게 총기 규제 법안을 반드시 만들어야 한다고, 몇 년 전부터 설득을 하고 다녔다. 내가 상원의원 밑으로 들어갔던 이유도 바로 이것 때문이었다. 그런데 지금까지 모두들 적극적으로 나서는 사람들이 별로 없다.

아첵이 내게 가르치기를, 인간들이 총기를 가지고 있으면, 인간들의 영혼은 절대 천사와 같은 순수한 마음을 갖지 못한다고 하였다. 총기를 가지고 있는 것 자체가, 인간들의 마음을 악하게 만들고, 또 서로를 경계하고 적대시하게 변화시키는, 악마의 불씨와 같은 것이라고 했다.

시민들이 살상도구를 가지고 있는 것 자체가, 인간들의 유전자를 더욱 더 악하게 만들어, 결국에는 인간들이 지구상에서 멸종할 수밖에 없는 존재로 변하게 만든다는 것이다.

나는 어렸을 적부터 외교와 정치에 관심이 많은 집안에서 많은 것들을 보며 자라왔다. 그리고 아첵에게 인간들의 마음을 순화시키기 위해 진정 무엇이 필요한 것인지를 배우고 알게 되었다.

나는 우리를 옭매고 있는 낡고 위험한 울타리를 직접 걷어내고 싶다. 우리들은 잘못된 법에서 빠져나올 수 있는 자유가 있으면서도, 소수가 지배하는 권력 때문에 그 어려움을 극복하지 못하고 있다. 흐트러진 세상을 바로 잡아야 한다.

그런데 내가 이루고자 하는 목표를 반대하는 사람들이 너무 많다. 테러 때문에 몸을 다치신 아버지께서는 나에게 위험한 일들은 피하라고 매일 충고를 하신다.

하지만 두려움을 극복하지 못하는 인간이 어떻게 사회의 변화를 꿈꿀 수 있는가? 새로운 것을 위해 모든 것을 포기할 수 있는 열정이 반드시 있어야만 한다.

어젯밤 캠프 일을 끝내고 마티와 함께 가볍게 술 한 잔을 했다. 마티가 나의 선거를 위해 뉴욕대학 학생들에게 홍보도 해주고, 지지자도 많이 만들어 주어 정말 감사함을 느낀다.

마티의 사회에 대한 적응 속도가 놀랍도록 빠른 것 같다. 대학생인데도 이미 아책에게 배운 것들을 실현시켜 나가기 위해 UN 건물에 드나들고 있다.

나이를 기준으로 비교해 보면, 하는 행동들이 나 보다 훨씬 더 앞서가고 있는 것 같다.

마티는 같은 학교 학생들과 어떤 프로그램을 만들고 있다고 했다. 전 세계의 사람들을 대상으로 지구의 환경을 지킬 방법을 알려주고, 또 민족이나 종교적 공동체 의식이 아닌, 전 지구적 공동체 의식을 만들어 나갈 교육 프로그램을 개발한다는 말을 언뜻 했다. 최근 나의 선거운동 때문에 자기의 일을 조금 제쳐 두기도 하였지만, 이미 뜻이 맞는 사람들과 정기적인 모임을 갖기 시작했고, 인터넷을 통해 세계 각국의 학교 선생님들이나 대학생들과의 교류도 준비하고 있다고 했다.

그리고 마티가 나를 이렇게 적극적으로 밀어주는 이유가 한 가지 있다. 그건 바로 시민들의 총기소지 금지법이다. 마티도 인간들에게서 살인병기를 떼어놓아야지만, 인간들의 순수한 정신이 다시 서서히 찾아올 것이란 확신을 하기 때문이다.

나는 정치가 집단의식을 변화시킬 수 있는 강력한 힘이라고 생각한다. 마티도 역시 그렇게 생각한다. 마티는 사람들에게 소용돌이 속에서의 탈출법을 알려주라고 했다. 모두가 깊은 함정에 빠져 위험에 처해 있는데, 모두를 미로에서 빼내 주라는 것이다.

마티의 말을 듣고 있으면 내가 정치인이 되기를 잘했다는 생각이 든다. 더구나 마티의 칭찬을 들으면 정말 기분이 좋다. 하루 종일 엔돌핀이 분비된다.

마티의 얼굴이 또 떠오른다. 아 보고 싶다….

사실 난, 나도 모르게 이미 그녀에게 깊숙이 빠져들고 있는 것 같다….

25. 마티(Marti)의 일기장

요즘은 내가 하고 싶은 일들을 위해
밤낮으로 열심히 뛰어다닌다.
학교 동아리 활동도 그렇고
스코트의 일도 그렇고
유네스코의 일도 그렇다.
하지만 어려운 상황들이 하나 둘 나타나고 있다.
생각과는 달리 사람들의 관심은 너무 다르다.
뉴요커들의 생활을 보고 있으면
성공만을 위해
자신의 두뇌와 육체를 격렬히 소모하고 있는 것 같다.
그런데 내가 잘못된 방향이라고 브레이크를 걸고
참견을 하려고 하면
방해자로 여기고 밀어내려 한다.
조직사회의 습관적인 방어이다.
출세만을 위해 공부에만 열중하는 학생들도 있고,
바쁜 학교생활에도
유유자적 느린 생활을 즐기려는 자들도 있다.
나에게 학교생활이란 과연 어떤 것일까?

어젯밤 꿈에

빛에 둘러싸여 있는 아첵을 보고 깜작 놀라 깨어났다.

빛은 곧 존재와 공간 그 자체라고 말하셨는데

아첵의 정신이 나에게 다녀가신 것일까?

엄마가 놔두고 간 미완성된 논문들을 요즘 읽고 있다.

엄마의 연구논문 중에는 정말 많은 것들이 담겨있었다.

그중에서도

우주의 본질에 대한 언급이 내 관심을 끌었다.

우리가 살고 있는 세상은

서로 다른 파동의 분포라 했다.

우주의 다양함은

서로 다른 성질의 떨림에서 나오는 빛의 현상이며,

우리는 그 변화를

시간과 공간 등 물리적 현상으로 느끼고 있지만

사실은 우리의 두뇌가 스스로 그려나가며

인식하고 있는 홀로그램 우주라는 것이다.

각자의 개성에 따라 변화되고 있는

역동적인 우주이며

그런 우주가 서로 다른 사람들과 맞물려 있는

다차원의 복합구조라 했다.

실제로 벌어지는 모든 사건들은
본질적으로 무수히 다른 우주와 연결되어
과거, 현재, 미래를 결정한다.
우리는 이 세상을 전자기파, 중력, 빛 등
우리에게 친근한 물리적 현상들로 이해하고 있지만
이런 것들은 세상의 정보를 깨달을 수 있게 만들어진
진화된 우주의 기억 방식이라는 것이다.
우주의 본질 자체가
진화에 관여하는 정보를 다루는
컴퓨터 프로그램 같이 스스로 진화하는 현상이란 뜻이다.
만약 우리 스스로 자신이 우주의 일부분이며
우주의 진화에 어떤 역할을 해야 하는지 알게 되면
인간들 미래는 아주 밝아진다.
아첵의 말처럼 인간들의 정신이
지구의 뇌세포로 진화된다는 뜻이다.
나는 지금도 엄마가 연구했던
집단의식이란 존재를 이해하려고 노력한다.
그리고 그런 존재를 성숙시키기 위해서는
많은 사람들의 공감대 형성이
가장 중요하다는 것을 최근 깨달았다.

그리고 한 가지 해답을 얻었다.

인간들의 집단의식이

지구의 영혼으로 진화되기 위해서는

새들의 날갯짓이 날개를 만들어 나가듯

인간들의 마음속에 항상

지구의 영혼이라는 알을 품고 있어야 한다는 것이다.

그리고 그 알이 부화되도록

사람들에게 자연스럽게 다가가

마음속 깊은 곳에서부터 서서히 자극을 주어야 하는데

지난주에 드디어 인간들의 마음속에

이런 알들을 심을 인터넷 프로그램을 완성시켰다.

우리는 며칠 전 유네스코 담당자에게 찾아가

우리가 개발한 프로그램에 대해 설명을 하고

널리 퍼트릴 수 있는 방법을 알려주라고 했다.

하지만 그들은 내가 학생이라서 그런지

크게 호응을 해주지도 않았고

실질적으로 크게 도와줄 수 있는 방법이 없다고 했다.

친구들과 추진하고 있는 계획들을 실천하려면

많은 단체들의 도움이 필요할 것 같은데…

시간이 되면 우리가 직접 찾아다니며 말해야겠다.

그리고…

어제 밤 스코트가 또 나에게 키스를 하려고 했다.

이번에는 단호히 거절을 했다.

분위기는 이끌려 갔지만

너무 저돌적이었다.

평소에는 너무 신사적이고 예의가 밝은데

남녀 간의 감정에는 순간 무너지며 너무 본능을 따른다.

그와 생각하는 것들이 너무 비슷하기에

정말 좋은 친구가 되려고 했는데

그 이상을 바라는 것 같은 스코트가

이제는 조금 부담스러워진다.

하지만 그의 사람됨을 생각해 보면

나의 완강한 거절이 미안하다는 생각도 든다.

지금도 마찬가지이다. 어떻게 해야 할까?

그에게 어느 정도는 허락을 해야 하나?

그를 싫어하지는 않는 것 같은데…

그런데 그 순간 왜 리차드의 얼굴이 떠오르는지…

…이 글을 쓰면서도 사실 마음이 조금 답답해진다.

26. 리차드(Richard)

나에게는 언제부터인가 의사가 된 후 따라다니는 작은 슬픔이 있다. 의학은 과학과 철학이 동등하게 병행해야 된다는 의대시절의 마음가짐이, 시간이 흐름에 따라 지금은 경험을 통한 과학이라는 확신으로 기울어져버린 당혹감과 불만이었다.

더구나 육체와 정신도 모두 치료해보자는 당시의 풋내기 마음이, 지금에 와서는 모든 것을 경험과 암기로 무장된 두뇌의 합리적 판단에 매달리는 쓸쓸한 나 자신을 발견하기 때문이다.

인간들의 만남은 단순한 접촉보다도 서로 간의 대화와 감성의 교류가 있어야만 된다. 하지만 의사와 환자 간의 만남이란 병이란 본체 속에 가리워진 호수의 조약돌처럼 표면상으론 나타나지 않는 그림자와도 같다.

과다한 업무에 지친 의사나 아픔으로 신음하는 환자에게서 정상적인 공감대를 얻기란 어려운 것인 줄 알지만, 그것을 느끼면서도 지나쳐버리는 나는, 지쳐가는 현대인의 찌부러진 허수아비 같은 한 명에 지나지 않는다는 묘한 자괴심이 일기까지 한다.

인간의 삶이란 자연에 존재하는 생명의 법칙을 깨닫고, 또 자신의 내면에 자라는 영혼을 가꾸고 탄생시키는 알 속의 시간과도 같다. 허나 꺼져가는 촛불처럼 붙잡을 수도 없이 사라져가는 슬픈 영혼들 앞에 섰을 때는, 어쩐지 그러한 믿음도 흔들리는 유약한 나를 발견하고는 깜짝 놀라곤 한다.

나는 인생이란 물살에서 혼자서 유영하길 좋아한다. 하지만 솔직히 도대체 내가 인생이란 흐름의 상류 쪽에 살고 있는지, 하류 쪽에 살고 있는 지 잘 모른다. 물살을 타라 헤엄쳐 가야할 지, 물살을 거슬러 헤엄쳐야 할 지, 방향감각이 잘 잡히지 않는다는 말이다. 더구나 과연 내가 그런 물살을 이기며 앞으로 갈 수 있는, 지느러미와 부레 같은 것들을 가지고 있는 지조차 의문이 일 때도 있다.

오늘도 역시 바쁜 일상이다. 척추 골절 환자가 응급실로 왔다. 환자는 센트럴 파크 옆에 사는 부유한 집의 40대 주부로 건물 위에서 투신하여 자살을 시도하였다. 다행히 머리는 가벼운 찰과상만 입어 의식은 멀쩡했으나 몸을 가누지 못할 정도의 척추 통증을 호소했다.

응급실에서 방사선 검사를 해보니, 척추 골절과 더불어 종골 골절까지 동반 되었다. 요추에 있는 압박골절 소견으로 후만 변형이 약간 있었다. 이럴 경우 불안정 골절이기에 재빨리 기본적인 응급조치를 취했다.

나는 의식이 있는 그녀에게 왜 자살해야만 했는지는 물어보지 않았다. 그녀의 아픈 몸에 슬픈 마음까지 끌어들이고 싶지 않았기 때문이다. 어쩌면 골절된 뼈의 치료보다 그녀의 마음 치료가 우선일지도 모르겠지만, 그러기 위해서는 긴 여정의 시간이 필요하다는 것을 알기에, 난 처음부터 그녀의 마음을 열어보려 하지 않았다.

두 다리의 감각신경과 함께 정상 측 다리의 근력을 부위별로 평가해 보았다. 그녀의 근력은 정상이었다. 나는 일단 골절된 다리에 하지 석고 붕대 고정을 하고, 행여나 있을지 모를 척수 부종을 감소시키기 위해 스테로이드 약물을 투여했다.

환자에게 절대적 침상 안정이 필요하다고 숙지시키고, 간호사들에게 상태를 모니터링 하도록 지시하고 척추담당 전문의를 불렀다.

치료실 밖에서 남편으로 보이는 한 남자가 서성거리고 있었다. 덩치가 크고 각진 얼굴이었는데, 표정이 걱정하는 모습이라기보다, 왜 이런 일을 벌여서 자신을 고생시키고 있느냐는 불만 섞인 표정이었다.

난 저 사람이 동반자로서의 남편인지, 동물적인 암수 결합의 한 수컷인지, 아니면 해파리처럼 아무런 뼈대도 없는 연체류인지 궁금했다. 하지만 몸을 던진 여인의 정신에 치유 못할 상처가 있는 것인지도 모르기 때문에, 그를 만나도 난 아무런 말도 못한 채 그의 부인에 대한 불평만 들어줄 게 뻔했다.

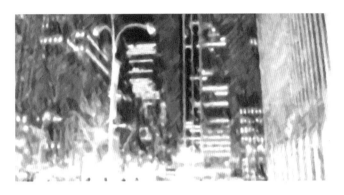

바쁜 하루를 끝내고 집으로 향했다. 과거 일 년 동안 포트리에 살았을 때는 조지 워싱턴 다리를 왕복하며 다녔지만, 웨스트 뉴욕으로 이사를 온 후부터는 버스나 지하철을 타고 42번가에 있는 포트 아서러티 버스 터미널로 와서, 다시 버스에 올라 링컨 터널을 지나 집으로 갔다.

동굴처럼 이어진 지하철 통로는 퇴근 시간이라 그런지 무척 많은 사람들로 붐볐다.

나는 지하철이 오길 기다리는 동안 3명의 십대들이 귀에 헤드폰을 끼고 한쪽에서 가벼운 댄스 연습을 하고 있는 모습을 구경했다. 절지동물처럼 각이 지게 춤추는 그들의 행동이 예술가 같다는 생각이 들었다.

잠시 뒤 지하철이 성난 황소마냥 먼 어둠 속에서 무겁

게 다가왔다. 전동차 바퀴에서 나는 소리가 그리 크지는 않았지만, 탈출구를 찾지 못해 흩어지는 동굴 속 소음은 나의 발걸음마저 무겁게 했다.

나는 지하철의 많은 사람들 속에서 새장에 갇힌 새처럼 몸을 곧바르게 세우고, 오늘 진료했던 환자들을 생각했다. 정말로 고달픈 하루였다.

집에 들어오자마자 음악을 틀었다. 낡고 빛바랜 오디오에서는 요즘 유행하는 젊은 여가수의 쇼킹한 목소리가 흘러나왔다.

그녀의 독특한 음색이 정말 매력적이다. 난 얼마 전 그녀의 이런 특이한 목소리 때문에 CD 한 장을 사서 자주 듣곤 한다. 큰 키에, 패셔니스트적인 스타일과 춤으로, 무대를 누비는 활기찬 개성. 젊은 사람들이 좋아할 만한 비끌린 듯한 독특한 음색을 지닌 가수였다.

타인에게 자극을 주는 존재는 아름답다. 그들은 자신이란 외눈박이 존재에게, 타인의 아름다움을 알 수 있는 기회를 주기 때문이다.

조금 전 타놓은 커피의 향내가 점점 짙어지고 있다. 컴퓨터를 켜니, 마리아에게서 이메일이 와 있었다.

나는 오른손으로 마우스를 클릭하며, 왼손으로는 꽃무늬가 그려진 커피 잔을 들어 천천히 커피를 마셨다.

나는 지금 마리아의 이메일을 읽으며, 카멜레온 같은 두 가지 서로 다른 향기를 느끼고 있다.

안녕. 리차드

조금은 외롭고 쓸쓸한 바람이 불어대는 밤이군요.

시간이라는 존재가 던져주는 고요와 적막 속에 파묻혀

오늘이라는 삶의 파편을 되돌아보며

자판을 두들기고 있어요.

어쩐지 대상 없는 애인을 그리워하듯

리차드에게 이 글을 띄우는지 모르지만

밤과 별들이 던져주는 고요한 침묵에

제가 자연스레 동화되어 가기엔

너무 버거운 느낌이 듭니다.

누군가가 무척 그리워지는 밤에

이렇게 리차드에게 글을 띄우지 않고서는

이 긴 밤을 보낼 자신이 없다는 생각이 들어요.
사람들 사이에 끼어있는 시공이란 기나긴 강은
어쩌면 때론 삶을 너무 빨리 흘러가게 하거나
아니면 때론 너무 느리게 흘러가게 하여
마음의 갈피를 잡지 못하게 하고 있는 것 같아요.
남들이 살아가듯
순리대로 공공생활을 익혀가며
대학도 다니고, 사랑도 하며
아름다운 인생을 살아보고 싶어요.
리차드는 가장 순수한
나의 친구가 되어 주실 수 있겠지요?
아마 리차드의 성격으로 보아
그럴 수 있다는 생각이 듭니다.
리차드의 잔잔한 눈빛이 그걸 말해 주더군요.
전 제가 그리고 싶은 그림들의 윤곽을 알고 싶어요.
추상화이든 풍경화이든 간에
도대체 내가 무엇을 그리며 살아가고 싶은지
알고 싶다는 거예요.
한 순간에 타오르는 감정은 아니에요.
우정이란 그물은
현실이란 강물에 아무리 오랫동안 집어넣고 있어도
결코 조금도 찢겨지지 않고

또 배반이라는 무서운 고기도 만나지 않고
결국 원하는 물고기를 잡아
현실로 들어 올릴 수 있는 그런 것이겠지요?
하지만 남녀 간의 감정은 그와 달리
무섭고 비참하게 끝날 수도 있겠죠?
두 가지 길 중에서 어느 길로 가야할 지
리차드가 가르쳐 주었으면 좋겠어요.
제가 말하는 의미가 무슨 뜻인지 이해할거예요.
밤이 더욱 깊어 가는군요.
너무 많은 말을 쓰게 되면
주위 담기에 너무 어려운 조각들이 될 것 같아
이만 글을 줄일까 해요.
리차드와 다시 만나고 싶어요.
리차드의 맑은 눈빛이 벌써 그립습니다.
약속은 다음 주 토요일로 하면 좋겠어요.
괜찮겠지요?
근무표를 보고 저에게 이메일로 답장을 보내주세요.
장소와 시간을 다시 보내줄게요.
안녕.
그때 만날 날을 기대하며 이만 줄일게요.

＿ 마리아 ＿

나는 타인이 던져준 의문의 날갯짓을 보았을 때, 나란 존재의 가치와 내 주위를 감싸는 공기의 파동을 강하게 느낀다. 타인의 날개 짓을 보며, 내 자신이 해야 할 날갯짓의 크기와 속도를 아는 것이다.

마티는 항상 나에게 이상한 날갯짓을 보여준 여인이었다. 날갯짓과 함께 울음을 토해내는 동화 속의 파랑새였던 것이다.

하지만 마리아는 조금 달랐다. 마리아는 자신이 원하는 것은 꼭 가지고 싶어 하는 정열적인 여인이었다. 자신이 원하는 상대방만 바라보는 여인.

인간의 몸이란 유전자가 살아남기 위한 도구에 불과하다는 말을 책에서 읽은 적이 있다. 그러한 것은 사회 생물학적 근거에 기준을 두고 있는데, 진화론과 유전학, 생태학적으로 인간과 동물을 비교해, 공격성, 경쟁, 영역 지키기, 생식, 배우자 선택 등을 연구하여, 인간들이 어떻게 가장 높은 수준의 유전자 풀(Pool)을 유지할 수 있는가 서로 비교하는 것이다.

마리아 그녀가 유지하고 싶은 유전자 풀은 과연 어떤 형태일까?

27. 마티(Marti)의 일기장

사랑이란 무엇일까?
오늘 그의 눈망울은
사랑에 미친 매미처럼 울어댔다.
날 귀여운 인형으로 생각해서 일까?
스코트는 차 안에서
날 무척이나 안고 싶어 했다.
밤의 어두운 공간 속으로
빗방울이 계속 자동차 창문을 때려 왔다.
하지만 그의 나를 감싸 안은 팔은
나를 놓아 주질 않았다.
혹시 나도 무의식중에
엄마의 젖을 원하는 아기의 입술처럼
스코트에게서 달콤한 사랑을 원하고 있는 지도 모른다.
그렇지만 스코트의 저돌적인 행동과 욕망에
정말 깜짝 놀랐다.
창밖으로 먼 가로등의 불빛이 흔들거리고 있다.
나의 마음을 대신하고 있는 듯하다.

차 안에서 함께 들은 음악은 너무 따뜻했지만
수정 구슬 같은 그의 맑은 눈동자와는 달리
그의 숨결은 무언가 강하게 열망하고 있는 눈초리였다.
비를 내리는 저 구름 위의 세상은 모두 무지개빛일까?
아책이 가르쳐 준 말에는
이별이 두려워 사랑을 하지 않는 것은
죽음이 두려워 숨을 쉬지 않으려 하는 것과 같다고 했다.
하지만 진행 과정의 보폭이 맞지 않으면
두 개의 균형은 이렇게 깨어져야 하는가?
스코트는 내가 너무 거부를 하자
미안했던 지,
나를 집 앞까지 데려다 주고 급하게 떠나갔다.
자동차 엔진 소리. 도시의 회색빛 밤.
갑자기 어렸을 적 읽었던 동화책이 생각났다.
음악의 신 아폴론은 활을 가지고 놀고 있는
비너스의 아들이며 심술꾸러기인
큐피드를 보며 꾸짖었다.
　'너는 너무 어려서 활과 화살을 다루지 못한다.'
큐피드는 이 말에 기분이 나빠 분개 하였으며
아폴론을 향해

그리고 마침 우연히 지나가는 요정 님프를 향해
사랑을 느끼도록 만드는 금화살과
사랑을 싫어하게 하는 납화살을 그들에게 각각 쏘았다.
아폴론은 님프를 보고 사랑을 느껴 뒤 쫓았으며
님프는 그런 그가 싫어 도망쳤다.
쫓고 쫓기는 사건은 시작 되고
결국 아폴론이 님프를 붙잡았을 때
그녀는 뿌리치면서 아버지에게 도움을 청했다.
이 때 반신반인인 그녀의 아버지는 경황이 없어
그녀를 다프네라고 하는 월계수 나무로 만들어 버렸고
그런 그녀를 생각하여 아폴론은 서운한 마음을 달래려
나무를 베어 기타를 만들었다.
기타는 그녀의 청순한 마음처럼
우아한 곡선의 윤곽을 갖게 되었으며
달콤하고 부드럽고 섬세한 음률로
영원히 인간들의 마음을 빼앗고 있다.
스코트는 아폴론처럼 삶 전부를 소유하고 싶어
앞만 보고 질주하는 것 같고
나는 저 멀리 도망치는 다프네 같다는 생각이 들었다.

28. 리차드(Richard)와 마티(Marti)

나는 환한 불빛에 눈이 부심을 느끼며 응급실 당직실에서 일어났다. 어제 밤을 새며 환자를 보다가 새벽이 되어서야 잠시 눈을 붙인 것이다.

나는 박쥐처럼 어두운 실내 공기를 떠돌며 유영했던 몽상의 그림자를 떨쳐버리려 두 눈을 비벼댔다. 두툼한 손가락이 의외로 메마른 목피(木皮)같이 딱딱하다는 생각이 들었다.

옷을 갈아입고, 간단히 아침식사를 때운 후 병원을 나서니, 도시의 밑바닥으로부터 나지막이 깔려 있던 흡습한 냄새가 코 속으로 확 밀려들어 왔다.

큰 길에는 많은 사람들이 바쁜 걸음으로 무표정하게 오가고 있었다. 생각 없이 왕복 운동을 하는 단세포 동물들처럼, 그들은 통행의식에만 열심히 몰두하고 있었다.

가시로 겉을 무장한 선인장들. 난 그들이 가끔씩 자신을 뾰족한 가시로 무장한 채, 자신의 내면을 숨기는 선인장 같은 식물들이라고 생각했다. 접근하기 어렵고 말을 걸기도 어려운 존재. 더군다나 만진다는 것은 표독스런 가시에 찔리는 것을 각오해야 하는 그런 배타적인 표정들.

독을 품고 있는 식물인간들이었다. 어쩌면 이곳은 사막 한가운데와 다를 바 없는 황량한 곳 인지도 모른다.

끝도 보이지 않고, 허상인 신기루만을 따라 앞만 보고 걷는 외로운 길. 궤도에서 이탈하고자 할 경우, 잘못하면 규칙을 어기고 방종에 몰려 따돌림을 당하는 세계. 사막을 걷는 대상들에게나 있어야 할 폐허 같은 도시가 이런 곳에도 존재하는 것이다.

나는 집으로 돌아가 샤워를 하고 잠을 청한 후 늦은 오후가 되어서야 일어나, 마티와 저녁 약속이 되어있는 곳으로 갔다.

마티와 약속한 레스토랑이 있는 골목길로 막 들어서자 도둑고양이 한 마리가 초저녁 야음을 틈타 휘익 지나갔다. 재빠른 몸놀림이었다. 난 고양이의 잔상을 잊어버리고, 포세이돈이란 네온사인이 달린 유리문을 열고 천천히 안으로 들어갔다.

레스토랑은 침침한 극장의 분위기처럼 나름대로 담담한 그 만의 정적을 간직하고 있었다. 바깥과 단절시키기 위해 두터운 커튼을 쳐서인지, 바깥의 네온사인조차 이곳으로 슬그머니 비껴 들어오는 게 버겁게 느껴졌다. 하지만 감추고 싶은 이야기를 즐기려는 연인들에게는 안성맞춤 일 것 같았다.

포세이돈이란 이름에 걸맞게 이곳의 내부는 심연의 깊

은 바다 속처럼, 아주 낮게 가라앉아 있었다.

오래된 스피커에서는 내가 즐겨 듣는 케니지의 실루엣 (Silhouette)이란 음악이 흐르고 있었다. 잔잔한 알토 색소폰 소리가 바닷가의 바람소리 같았다. 나는 음악을 들으며 한 쪽 구석 의자에 앉아 마티가 오기를 기다렸다.

시계를 바라보니 7시를 막 넘어서고 있었다. 나는 무의식적으로 식당 출입문을 바라보며 그녀를 기다렸다.

잠시 뒤, 한 사람의 그림자가 문 앞에 아른거리는 게 느껴졌다. 회색빛 침침한 유리문 밖으로 가냘픈 실루엣이 언뜻 비쳤다. 그림자로 보아선 그녀임이 분명했다. 기억하건 데 그녀의 얼굴 모양과 몸매가 레이크우드 호숫가에서 보았던 그런 형상의 실루엣이었다.

마티는 문을 열고 들어오며 주위를 쭉 둘러보았다. 그런 다음 나를 발견했음인지, 빙긋이 웃더니 서서히 내가 앉아있는 곳으로 다가왔다.

내 앞 탁자까지 바짝 다가선 그녀는 나를 향해

"안녕 리차드. 오랫만이에요."

하고 말하며 반대편 의자에 가서 앉았다. 실내등 빛살 한 조각이 입술 한 치 두께보다 얇은 그녀의 콧등으로 미끄럼을 타며 주루룩 흘러내렸다.

웨이터가 다가오자 우리는 식사를 주문했고, 그녀는 나에게 그녀에게 최근 일어났던 일들을 말하기 시작했다.

클리블랜드에서 만났던 소녀처럼 나에게 그녀의 이야기를 전부 다 해주었던 것이다.

"스코트는 이번에 하원의원 선거에 출마한데요."

사실 나는 비번일 때, 뉴욕대 근처 워싱턴 스퀘어 공원에서 데이트를 하는 그들을 본 적이 있었다. 공원벤치에 앉아 나무 위를 오가는 다람쥐를 스케치하다가, 우연히 그곳을 지나는 스코트와 마티를 본 것이다. 비록 혹시나 그곳에서 그림을 그리고 있으면, 내가 그녀를 만나게 될지도 모른다는, 나의 숨은 의도 때문에 그곳에 간 것인지는 모르지만, 아무튼 결과는 그러했다.

"스코트는 신사적이고 여자를 배려할 줄 아는 매너가 있어요. 그는 날씨에 따라 옷 스타일이 다르고, 세련됨을 가지고 있어요. 많은 여자들이 좋아할 거예요."

"스코트가 마티에게 무척 잘해주나 보지?"

"스코트는 누구에게나 다 잘해줘요. 정치인 치고는 자신을 낮추려는 배려감도 있어요. 겸손하죠. 아마도 아책에게서 배운 것들이 몸에 배어있나 봐요."

나는 마티의 말에 무심코 고개를 끄덕였다.

"그런데 사실…, 스코트는 저를 친구나 동생으로 여기기보다는 여자로 생각하나 봐요. 하지만 저는 사랑보다는 친구와 같은 우정이나 사람의 정이 그립거든요…"

마티가 말을 마치고 고개를 숙인 채 유리컵을 매만지며

반복적으로 문질렀다. 유리컵 사이로 투과된 그녀의 손가락은 겨울에 자른 굵은 통나무처럼 낯설게 느껴졌다.

 그런데 순간 나는 마티에게 그녀에 대한 나의 미묘한 감정 변화를 말할까 하는 충동이 갑자기 일었다. 하지만 스코트와의 갈등으로 내 앞에서 이런 말들을 하고 있는데, 나까지 끼어들게 되면 그녀에게 더 큰 갈등을 줄 수도 있겠다는 생각이 들어 포기했다. 하지만 내가 언제부터 이렇게 타협에 익숙해졌는지 생각하며 씁쓸했다. 그리고 이런 자유로운 도피방식이 나중에 나에게 부작용으로 나타나지 않을까 하는 염려도 생겼다.

 "인간들은 일반적으로 한 대상에 대해 사랑과 미움이란 감정을 동시에 가지고 있데. 그리고 대체로 어느 한쪽이 무의식 내에 억압되어 있으므로, 우리들은 한 가지의 감정만을 진실 되게 표출할 수 있다고 하지. 하지만 두 가지의 상반된 감정이 동시에 나타나면 힘이 들게 되지."

 나는 말을 하며 마티가 여고생이었을 때 나에게 인간들 사이의 거리는 현재 끝없이 펼쳐진 우주공간만큼 멀다고 생각한다고 말했던 기억이 떠올랐다. 나는 그때, 그녀를 이해시키기 위해 인간들 간의 거리란 상대방과의 교감에 따라 멀어지기도 하고 가까워지기도 한다고 대답하였었다.

"내 자신의 자화상에 상처를 입힐까봐 내가 사람들을
두려워하고 있는 걸까요?"

그녀가 나에게 던지는 소녀와 같은 감성이 또 내 마음
을 흔들리게 했다. 그녀에게 다시 내 감정을 이야기할까
하는 충동이 불쑥 일었지만, 바보처럼 의도와는 다르게,
생각나는 아무 말이나 내뱉었다.

"인체엔 세포들의 수명을 관장하는 프로그램이 있지.
잘못된 유전자의 변화로 일어난 비정상적인 세포 자신
을 스스로 파괴하는 프로그램이지. 생체의 균형을 유지
하는 데는 절대적으로 필요한 생리적 현상이야. 어쩌면
인간들의 마음도 그런 구조와 똑같아. 특이하게 돌출 되
려는 생각들을 억제하면서, 자신의 내면적 균형이나 습
관의 흐름에 맞게 살아가려고 하는 것이지. 모든 사람들
의 마음도 이와 똑같을 것이야."

나는 잠시 생각하다가 그녀에게 조용히 말을 이었다.

"융화가 되지 않을 경우엔 어느 물체이건 순간적인 불
협화음이 있지. 자연스런 반발력이야. 하지만 곧 잠잠해
질 것이라고 믿어. 인간들은 대부분 순응하고 변화 될
수 있거든."

"고등학교 한 친구가 이런 말을 한 적이 있었죠. 자기는
미쳐보는 게 소원이라구. 그게 사회에 대한 반항인지, 아
니면 가정과 학교에 구속받기 싫은 이상한 자유로의 탈

출인지는 몰라도, 그냥 한번 마음껏 미쳐 보고 싶다는 것이었죠. 설사 그것이 사랑이라면 온 몸을 불살라 태워 볼 것이고, 슬픔이라면 온 마음을 다해 피폐해져 보고 싶다고 했었죠. 그 때 그 친구가 얼마나 멋있게 보였던 지…, 나는 그녀의 럭비공처럼 튀고 싶은 용기가 부러웠죠. 그런데 저한테는 그런 용기가 없는 것 같아요."

"…"

나는 고개만 끄덕일 뿐 아무 말도 하지 않았다. 그녀의 좌표 찾기는 왜 이렇게 어려운 일일까? 많은 사람들은 목표를 정하면, 일단 인생이란 밑그림에 색칠을 마구 칠한다. 색깔이 잘 칠해지지 않으면, 사선이라도 빗금처럼 마구 그려 넣어 짙은 명암을 만들려고 한다.

하지만 그녀는 자신이 생각하는 전체적인 밑그림과 맞지 않으면 일단 멈추는 습관이 있는 듯하다. 그 상대가 자신이 호감을 느끼는 스코트인 경우도.

나는 분위기가 어색해지자, 찰스 할아버지와 아첵에 대한 이야기를 했다. 마티는 아첵 이야기만 나오면 눈빛이 변했다. 그렇게 우리는 스코트와 우리의 이야기를 제쳐둔 채, 추억 속에 남겨져 있는 많은 이야기들을 나누었고, 식사 후 사람들이 붐비는 밖으로 나왔다.

무겁게만 보이는 칙칙한 아스팔트의 회색빛과는 대조적으로 가로등에서 흘러나오는 노란 불빛은 나와 그녀

사이의 적막한 공간을 채우려는 듯 엷은 공기를 물들이고 있었다.

싸늘한 밤바람이 걷고 있는 그녀와 나 사이로 간간이 불어 왔다. 그녀는 아무 말 없이 내 옆에서 조용히 걷기만 했다. 택시 승강장까지 걸어왔을 때, 마침 빈 택시가 한 대 도착했다.

난 그녀에게 서둘러 악수를 하고 나서, 택시에 그녀를 태웠다. 그녀는 씁쓸한 웃음을 흘리며

"안녕 리차드. 다음에 또 연락할게요."

하고 손을 흔들었다.

나는 그녀가 탄 택시가 멀어지는 것을 지켜보았다. 안개 속으로 사라지는 마차처럼, 그녀가 탄 택시의 뒷모습을 오랫동안 바라보았다. 그리고 정말 하고 싶은 말이 있었는데…, 그녀에게 하지 못한 것 같아 마음이 착잡했다.

나는 그렇게 몇 분을 멍하니 서 있다가, 승객이 내리는 노란 택시를 잡아타고 나의 쉼터로 돌아갔다.

택시는 어두운 도시의 공간 속을 가르며 내달렸다. 많은 인파와 건물들을 무시한 채, 이리 저리 커브를 돌며 사라져 가려는 길들을 쫓고 있었다. 가로수와 가로등의 불빛들이 창밖으로 빠르게 지나갔다.

도시의 어두운 그림자 역시 멀리서 차를 따라 흐르고 있었다. 차와 함께 내 마음도 어지럽게 달아났다.

돌아온 아파트의 창문 밖으로 어두운 도시의 그림자가 어렴풋이 느껴졌다. 길게 뻗어진 집어등 같은 어둑한 도시의 불빛들이 오늘따라 유달리 낯설게 다가왔다.

 창문을 열고 밖을 보았다. 밤바람이 들어오며 쐐액거리는 토울음 소리를 내었다. 바리톤 색깔이었다. 창문 밖의 어둠은 짙은 토적색 카페트 만큼이나 흡습한 모습이었다.

 나는 욕탕으로 들어가 더운 물에 몸을 씻은 후, 잠옷으로 갈아입었다. 침대에 들어가 베개를 안고 엎드려 오늘 그녀와 나눈 이야기들을 생각해 보았다.

29. 리차드(Richard)

정신적 고통은 몸에도 공명현상을 일으키나 보다. 스트레스를 심하게 받은 직업을 가진 사람들이 더 신체적 고통을 호소하는 경우를 많이 본다.

힘든 생활을 하다가 병에 걸려 병원을 찾는 사람들이 의외로 많다. 그래서인지 바쁜 응급실 생활이지만, 요즘 마음과 병을 함께 치료하는 심신의학(Mind-Body Medicine)에 관심이 많아 관련 서적을 찾아 읽고 있는 중이다.

그런데 마리아에게서 메시지가 왔다. 마티의 동영상을 좀 보라는 내용이었다. 마티를 찍은 동영상이 있는데, 뉴욕대 학생들 사이에서 지금 인기를 끌고 있다는 내용이었다. 마리아가 링크해 준 웹사이트로 들어가 보니, 마티가 테드(TED)에서 강연하고 있는 동영상이 떴다.

동영상 제목은 지구의 영혼을 위한 인간성(Humanity for Spirit Earth)이었으며, 마티가 많은 청중들 앞에서 뉴욕대 소프트웨어 프로그램 개발 동호회에서 만든, 지구의 영혼(Spirit Earth)이란 프로그램을 설명하고, 시연을 하는 내용이었다.

마티의 모습은 나이답지 않게 상당히 침착하고 진지해 보였다.

'지구의 미래를 정치인이나 기업인들에게 맡겨서는 안 되는 시대가 되었습니다. 지구의 환경은 이미 돌이킬 수 없을 정도로 파괴되어 가고 있고, 세계 곳곳에서는 나라와 종교, 민족이 다르다고 여전히 동물들처럼 싸우고 있습니다. 기업들 역시 돈을 벌기 위해 지구의 자원을 고갈시키며 날마다 기생충처럼 파먹어가고 있습니다.

선량한 대부분의 사람들은 왜 전쟁과 테러가 일어나고, 지구의 환경이 이렇게 무섭게 변화되어 온난화 현상이 일어나는 지 당황해 하고 있습니다.

이제는 지구의 미래를 위해 전 지구인들이 나서야 할 때가 되었습니다. 후손들에게 다 망가진 지구를 결코 물려주어서는 안 되기 때문입니다.

저는 북미 원주민 추장에게서 무지개 전사란 전설을 들었습니다. 지구의 환경이 망가진 날이 오면, 반드시 무지개 전사들이 나타나 지구를 다시 살리고, 생명체들을 구원한다는 내용입니다.

저는 저와 함께 여러분 모두가 무지개 전사들이 되어주시기를 바랍니다. 그래서 저희들은 그런 활동을 위해, 전 세계 어느 곳에서도 인터넷을 통해 지구를 파괴하는 행위를 감시하며, 후손들에게 지구인으로써의 올바른 인간성을 가르쳐 주고 미래를 설계해 나갈 프로그램을 개발하였습니다.

이 프로그램은 실시간으로 전 세계 환경단체들과 교육단체들과 공유되며, 나라와 민족을 넘어, 모두가 하나로 뭉쳐지도록 교차점 역할을 하게끔 설계 되었습니다. 이 프로그램에 접속을 하면, 우리가 지구를 위해 무엇을 하여야 하고, 지금 무엇을 막아야 하는지 알 수가 있습니다. 지금부터 이 프로그램이 어떻게 모두와 연결되고, 또 어떤 역할들을 할 수 있는 지 설명하도록 하겠습니다.'

마티가 언젠가 세계시민의 공동체 의식을 사람들의 일상적인 생활에 자연스럽게 심어 줄 표준화된 프로그램이 있어야 된다고 말한 적이 있었다. 그런데 친구들과 힘을 합하여 이렇게 빨리 결과를 내고 테드에 발표까지 하다니…, 정말 대단하다는 생각이 들었다.

아마도 마티의 말대로 저 프로그램이 세계 사람들에게 신성한 의지를 일깨워 주는데 많은 도움이 된다면, 아첵의 염원인 전체 대중의 올바른 정신적 흐름의 탄생이라 할 수 있는, 지구의 영혼이 생길 수도 있다는 생각이 들었다. 아첵의 전수자들 중, 지금 가장 나이가 어린 마티가 제일 먼저 아첵의 소원을 이루어주고 있는 것이다.

30. 스코트(Scott)

샤넬 라인 이란 무릎을 살짝 가리는 치마길이 란 뜻으로, 프랑스 디자이너 코코 샤넬이 만든 유행어이다. 발목까지 내려오는 긴치마의 답답함과 성적 매력을 풍기는 미니스커트의 경박스러움을 절충한 표준패션이다.

그런데 남자들의 본성은 이런 샤넬 라인을 좋아한다. 어떻게 생각하면 남자들의 동물적인 본능 같지만, 사실은 여성들과 절충선을 찾아가고자 하는 남성들만의 감성인 셈이다.

마티는 자신을 보호하려는 본능이 매우 강하다. 그녀에게 너무 이끌리지만 어쩐지 결코 넘어서지 못할 것 같은 경계선 같은 것이 느껴진다.

남자들은 간혹 사랑을 게임으로 생각하는 실수를 범한다. 하지만 난 진심이고 절대 그렇지가 않다. 그런데 마티는 진지한 것 같으면서도 깊은 사랑은 원치 않는 것 같다.

어린이들의 맑은 눈을 보고 있으면 하늘에 떠 있는 별들이 연상된다. 마티의 정감어린 눈을 보고 있으면 별을 갈망하는 어린이의 마음이 떠오른다. 빠져들고 싶은 여성이면서도 어머니와 같은 푸근함을 느끼는 이상한 존재이다. 하지만 나를 받아들여 주지 않고 있다.

남자들은 힘이 들 때 현실을 알고 현실에 충실해 버린다. 남자들은 지울 수 없는 잉크를 사용하는 만년필 같은 성격이다. 연필을 사용하면서, 지우개도 여러 개 들고 다니며 썼다 지웠다 하는 성격은 아니다.

하지만 그녀에게서 빠져나오지 못할 것 같다는 생각이 든다. 내가 이미 그녀가 간직한 안개 속으로 깊숙이 들어와 버린 느낌이다.

그런데 무엇인지는 알 수 없지만, 그녀가 가지고 있는 여름철 나무에 드리워진 짙은 그림자 같은 장막을 걷어내고, 나의 무의식 속에서 용암처럼 꿈틀거리는 욕망을 지워버리고, 그녀에게서 탈출해 버릴까 하는 생각을 지금 하고 있다. 그녀를 나의 마음속에 존재하는 여백을 메꾸어 줄 사람으로 생각했는데, 아닐 수도 있다는 판단을 한 것이다. 나는 지금 그녀와 이렇게 마주 앉아있으면서도 바보같이 아무 말도 못하고 있다.

입술 주위에 작은 경련이 스친 후, 마티 그녀가 굳어진 얼굴을 천천히 풀며, 마침내 내게 말을 했다.

"이제 스코트의 선거 캠프에는 안 나갈 거예요."

"…"

"죄송해요."

말을 끝낸 후, 그녀는 설탕 없는 진한 블랙커피만 마시며 쓰디 쓴 웃음을 흘렸다.

하지만 그건 커피의 자극이라기 보단, 뚫어져라 그녀의 얼굴만 쳐다보고 있는 나의 눈동자를 외면키 어려운 갈등 때문이란 걸 알고 있었다.

네온 빛 미등에 반사되는 그녀의 얼굴은 언젠가 낡은 그림책에서 보았던 굳어진 마리아의 석고상 같았다.

그녀는 사랑을 제과점에서나 만드는 빵처럼 숙성시키고 익혀가고 싶어 하는 것 같다. 나는 그런 그녀의 생각이 이해가 되지만, 사랑에서 오는 뜨거운 본능을 너무 외면해 버리는 그녀가 너무 차가운 것 같았다.

그녀가 이렇게 나에게 싸늘하게 대하기는 처음이다. 그녀의 눈을 똑바로 보기도 힘들어진다. 어쩐지 내 자신이 약간 비참해진다는 느낌마저 들었다. 내가 너무 그녀에게 나쁜 짓을 한 것일까? 그런데 아무리 생각해도 그 행동은 내가 그녀를 너무 좋아하기에 벌인 자연스러운 남자의 구애행동 같은 것이었다.

출렁이고 있던 마음 속 작은 물결들이 점차 커지며 심장을 울렁거리게 했다. 나에게는 사회에 적응하며 만들어 나간 삶의 본능이 있다. 갈등을 무의식 속으로 떨어뜨리는 과정. 바로 나만이 가지고 있는 적응과정이다. 어떤 갈등이 생기면, 무의식적으로 마음 속 깊은 심연 속으로 가라앉히고, 습관처럼 퇴적 작용과 객관화 작업을 벌이는 나의 성격. 별로 좋다고 생각이 되지는 않지만, 해결하지 못하는 이성적 갈무리로는 괜찮은 시도이다.

아첵은 사람들의 마음속에는 양심을 찌르는 삼각형 같은 모난 틀이 있다고 했다. 사람들이 나쁜 짓을 하면, 모난 틀이 양심을 찔러 마음을 아프게 한다는 것이다. 하지만 너무 많은 나쁜 짓을 하게 되면, 모난 틀이 닳아져 결국 둥그렇게 되고, 자신의 양심을 아프게 할 선함이 사라진다고 했다. 사랑도 이런 것일까? 너무 갈망하다 상처를 입다 보면 사랑도 닳아지는 것일까?

난 그냥 조용히 그녀의 눈동자만 바라보다가 고개를 숙이고 말았다. 그리고 그녀와의 짧은 만남에서 느끼지 못했던 타인의 냄새를 갑자기 그녀에게서 맡았다. 짧은 순간에 일어난 이상한 변화였다.

그녀는 나에게 꿈을 줄 수 없는 여자란 생각이 들었다. 나 역시 그녀와 같은 이기적인 욕심이 생겨난 것이다. 아니 아마도 방어적인 몸부림이라면 맞을 것이다.

마음속에서 점차 일고 있는 부작용과 이질감이 더 커지는 것이 싫어, 나는 그 자리에서 일어났다. 짧은 순간이지만 그녀를 보지 않고 천천히 밖으로 나갔다.

그녀의 얼굴에 떠올라 있는 짙은 명암의 대비를 스쳐 지나는 옆모습에서 느낄 수가 있었다. 그녀 역시 주춤거리며 자리에서 따라 일어났다.

 난 아무 말도 하지 않고 문 쪽으로 걸으며 본능적인 침묵에 충실해 버렸다. 그리고 결국은, 그 후유증을 견뎌내지 못하고 이렇게 밤새 잠을 자지 못하고, 침대에서 뒤척이며 낮은 천정만 지금 바라보고 있다.

31. 리차드(Richard)

나는 의과대학시절 인간의 신경계는 약 100억 개의 뉴런이라고 불리는 기능적 단위의 세포로 구성되어 있다고 배웠었다. 셀 수도 없는 많은 세포들이 두뇌의 여러 곳에 퍼져, 몸의 기능을 관할하고, 기억과 정서, 심지어는 학습과 행동까지도 조절한다는 것 이었다.

허나 지금의 경험으로 보아 그 두뇌세포의 많은 훈련과 편집광적인 이용보다는 인간들에게 더 중요한 것이 아마도 감성인 것 같다.

뛰어난 학습과 기억으로부터 얻어지는 진리란 객관성 그 자체일 뿐, 우리네 삶의 물밑 풍경을 맑게 해주기는 어려울 것 같았다. 직접 부딪히는 개인의 부대낌에서 인간들은 스스로가 감성적인 자기애와 사랑을 찾게 되고 또 타인에 대한 영혼도 인지할 수 있는 마음의 눈을 갖게 되는 것이 아닌가 생각된다.

이른 아침에 센트럴 파크 주변에서 집 없이 지내시는 로라 할머니가 좌측 팔을 우측 팔로 감싸며, 얼굴을 찡그린 체 응급실로 들어오셨다.

"할머니 어떻게 다치셨어요?"

난 할머니를 부축해 의자에 앉히며 물었다.

"그냥 넘어졌어. 그런데 팔이 부러졌나봐. 너무 아파서 못 참겠어. 나 좀 살려줘!"

할머니가 힘겨운 듯 의자에 앉으며 대답했다.

"조심하시지 그랬어요. 일단 엑스레이를 찍어 볼게요."

"알았어. 나 좀 부축해 줘!"

"예."

난 그녀를 부축해 일으키며, 간호사를 시켜 함께 따라가 엑스레이를 찍게 했다.

잠시 뒤 촬영된 엑스레이 필름을 살펴보니, 상완골 간부 골절로 수술을 하지 않고서는 붙지 않을 것 같았다.

"할머니. 수술 하셔야 되겠어요."

"뭐 수술? 안 돼. 어떻게 수술을 해? 깁스만 하면 안 될까?"

"깁스만 하면 일 년이 걸려도 붙지 않을 수가 있어요. 할머니가 혼자 사시려면 팔이 꼭 붙어야 할 것 같은데요."

"큰일인데…."

할머니는 난감한 표정을 지었다. 헌데 어찌된 영문인지 한참을 망설이던 할머니가 고개를 끄덕이며 나에게 순순히 수술을 하겠다고 했다.

"생각 잘 하셨어요. 할머니. 실력이 좋은 정형외과 선생님을 소개시켜 드릴게요."

"정형외과 선생은 필요 없고 그냥 선생님이 해줘!"

"할머니. 일단 정형외과 선생님과 상의하세요."

"수술 하는데 전신마취 하는 거야?"

"네. 팔을 수술하려면 국소마취로는 안 되거든요."

"그래? 그럼 잘됐군. …선생님이 이번에 날 좀 도와줘야겠어."

"무슨 일을 도와주라는 건데요?"

난 할머니를 빤히 쳐다보며 물었다.

"내일 수술하고 마취에서 깨어나지 않게 좀 해줘!"

"네?"

"그냥 그렇게 영원히 자게 해 달라구! 나를 수술하실 선생님에게 말해줘. 꼭 좀 부탁해."

"…아니, 대체 무슨 말씀이신지. 그런 일은 있을 수 가 없어요."

"외로워서 이제 더 살기 싫어. 또 이미 살만큼 살았고…. 가족이 없어 죽어도 괜찮아. 내가 죽어도 아무 일 없을 거야. 꼭 좀 부탁해줘. 진심이야…."

"…"

그녀의 눈에는 어느덧 눈물이 고어 있었다. 그녀의 눈빛을 보니 삶을 포기하려는 진심 어린 눈물이었다. 난 갑자기 당황했다.

"말도 안 되는 소리 하지 마세요. 그동안 이렇게 잘 살아왔는데 무슨 말씀이세요? 팔을 고치면 다시 정상적으로 살 수 있어요."

난 그녀를 설득하기 시작했다.

"할머니보다 더 큰 병에 걸려 어렵고 고통스러워도 잘 참고 견디시는 분들이 많아요. 아무튼 좋은 정형외과 선생님을 소개시켜 드릴 테니 조금만 기다리세요."

그녀는 지금 인생이 만들어내고 있는 마지막 흐름의 속도에 상당히 민감해 있는 것 같았다. 대체 무엇이 그녀로 하여금 이렇게 급물살 타게 만들었을까.

대부분의 현대인들은 물살이 빨라지면 물속 깊이 잠수하고, 물살이 느려지면 고개를 빠끔히 내민다. 나이가 든 그녀는 이미 고개를 내밀 힘 조차 없는 듯 했다. 외기러기처럼 외로운 그녀의 인생 때문일까?

나는 할머니와 한 참 실랑이를 벌이다가 정형외과 선생님이 오자 그에게 할머니를 인계하며, 할머니의 현재 상황을 자세히 설명해 드렸다. 그는 알았다며 할머니의 마음이 안정된 다음에 천천히 수술날짜를 잡겠다며, 일단 부러진 팔에 부목 고정을 해야겠다고 처치실로 데리고 갔다. 난 걸어가며 다시 나를 쳐다보는 할머니의 눈동자에 마음 한 구석이 아파왔다.

인간들에게는 절대 떨쳐 버릴 수 없는 슬픈 현실이 한 가지 있다. 의학을 전공하고 바쁜 병원생활을 경험하면서 삶과 죽음 사이를 오가는 수많은 사람들의 고통스러운 모습들을 보아 오면서 느낀 것이다. 그건 개인들의 사상이 아무리 위대하고 독특하더라도, 자신을 급습해 오는 질병이나 육체적 고통에는, 너무나도 쉽게 몸과 마음이 무너져버린다는 것이다.

대부분의 사람들은 인체의 기본원리에 대해서 너무 문외한이다. 자신의 영혼을 만들어나가고 있는 육체에 대해서는 정말 아무 것도 모른다.

그런데 이상하게도 영혼을 만드는 육체가 아프면, 영혼도 아파한다. 할머니 역시 고달픈 육체에 지쳐, 영혼의 에너지도 고갈된 것 같았다.

저녁에 마티가 갑자기 병원으로 나를 찾아왔다. 그녀의 모습은 한 달 전보다 훨씬 초췌해져 있었고, 눈가엔 어두운 그늘마저 드리워져 있었다.

나는 갑자기 찾아온 그녀의 모습에 무척 놀랐다. 하지만 그녀의 담담해 하는 얼굴 표정을 보고 아무런 말도 하지 못 했다. 그녀의 신변에 지금 무슨 변화가 일어나고 있음이 분명했다.

마티는 갑자기 찾아와 미안하다고 말하며, 이야기가 나눌 친구가 필요해서 왔다는 말만 했다.

나는 그녀에게 무슨 일이 있었는지 차차 묻기로 하고, 그녀가 무척 피곤하게 보이므로 그녀의 쉴 곳을 찾았다. 병원이란 게 숙소 말고는 휴식 공간이 없으므로, 난 그녀를 레지던트 숙소로 데려 갔다. 그리고 그 곳 침대에 잠깐 누워 쉬도록 권유했다.

그녀는 침대 끝에 걸터앉으며 커피가 먹고 싶다고 했다. 난 병원 근처에 있는 스타벅스가 생각나, 그녀에게 잠깐 기다리라는 말을 남기고 커피를 사려고 밖으로 나갔다. …하지만 잠시 뒤 다시 돌아와 보니 그녀는 어느 새 잠이 들어 있었다.

그녀가 자고 있는 동안 나는 논문 준비물과 관련 문헌들을 숙소로 가져와, 그녀가 잠들고 있는 침대 옆 작은 책상 앞에 앉아 읽었다.

그녀는 잠자는 도중에도 가끔씩 신음을 내뱉곤 했다. 그녀가 잠을 자는 동안, 나는 두 번이나 전기 포트에 물을 올려 녹차를 타먹었다. 그럴 때마다 수증기를 내뿜는 포트의 쉬익 하는 소리와 그녀의 잔잔한 숨소리, 그리고 녹차의 은은한 향기가 한데 어울려져 방안의 분위기를 아늑하게 했다. 동굴 속 분위기였다.

나는 가끔씩 곤히 자고 있는 그녀의 얼굴을 바라보았다. 그녀가 지금 꾸는 꿈들은 대체 무엇일까? 알 수 없었다. 타인이 꿈꾸는 저 시간과 공간이란, 내가 투명하게 바라볼 수도, 계획할 수도, 그렇다고 간섭할 수도 없는 한 점인 것이다. 인생 좌표에서 다시는 돌아올 수 없는 고귀한 한 점이란 것이다.

동료 레지던트가 방에 잠깐 들어왔으나, 나는 사정 이야기를 하고 다른 방에 가서 쉬도록 했다.

"일이 많으신가 보군요."

나는 그녀의 목소리에 하던 일을 놓고, 고개를 돌려 그녀를 쳐다보았다.

"이제 깨어났군."

"네. 바쁜데 괜히 제가 찾아와 이렇게 시간을 빼앗은 것 같군요."

그녀가 긴 머릿결을 쓸어 올렸다.

"괜찮아. 논문 준비를 한 것뿐이야. 아직 시간적 여유는 많아. 지금은 당직 근무시간이 아니어서, 병원에서 다음 달 세미나를 위해 미리 해두는 것뿐이야."

"제가 오랫동안 잠을 잤죠? 지금 몇 시죠?"

나는 시계를 들여다보았다.

"저녁 9시가 다 되었는데, 두 시간 정도 잔 것 같군."

"…"

"배가 고프지 않아? 근처 식당에 가서 저녁식사나 할까?"

"아뇨. …별로 먹고 싶지 않아요."

"그래? …그럼 커피나 녹차라도 한잔 먹을래?"

"…속이 별로 좋지 않으니 나중에 먹을게요."

오늘따라 그녀답지 않았다. 말을 하는 것이 전과는 달랐다. 그녀의 삶에 대한 감각은 이런 색깔이 아니었다. 유쾌하고 밝은 성격은 아니었지만, 줄 끊어진 연처럼 방향감각을 쉽게 잃어버릴 성격은 아니었다. 하지만 이상했다. 지금 그녀는 몹시 지쳐있었다. 무엇이 그녀를 이렇게 지치도록 만들었을까?

"마음의 외벽을 이룬 도미노 중 하나가 무너졌어요. …지금 연쇄현상이 일어나고 있는 중이에요."

그녀가 한 숨을 쉬며 말했다.

"갑자기 무슨 말인지…."

나는 그녀의 얼굴을 쳐다보았다.

"언젠가 리차드가 나에게 내 감정이 남들과는 독특하다는 말을 했었죠?"

"그런 기억이 있어."

"하지만 독특하다는 것은 그만큼 외롭다는 뜻이겠죠?"

"갑자기 무슨 뜻으로 이런 말들을 하는 것인지…."

"연결고리가 끊어지면 어떻게 해야 하나요?"

"연결고리라니?"

"남들과 어울릴 수 없는 성격 때문에 타인과의 연결고리가 끊어졌다는 생각이 들어요."

"무슨 좋지 않은 일이 있었나 보군."

"글쎄요…, 제 몸이 제가 감당하지 못하도록 변하고 있다는 느낌이에요."

"몸이 갑자기 아프기라도 한 거야?"

"그런 건 아니에요…."

"스코트 때문이지?"

"…"

그녀가 잠시 생각에 잠기더니 다시 말을 했다.

"병원 생활은 항상 이렇게 바쁘니, 어떤 한 가지 일에 대해서 긴 시간 동안 괴로워할 여유도 없겠죠?"

"그렇진 않아. 다만 해결이 안 되면 그냥 마음 깊숙한 곳에 잠시 가두어 놓아버리지. 그리고 필요할 때 꺼내어 다시 생각해 보지."

"…"

"그렇게 하는 것이 그 문제에 대한 해답이 되기도 하거든."

"하지만 그렇게 기다릴 시간이 없으면 어떻게 하죠?"

"그런 경우는 그냥 폭발시켜 버려야지."

"폭발 시켜 버리다니요?"

"그냥…, 술을 먹고 욕을 한다던 지, 아니면 나를 괴롭힌 존재 자체를 무시해 버린다던 지, 뭐 그런 것들이지. 어린이들이 하는 방식이 가장 해결에는 쉬운 방식이니까."

"그렇군요…"

"나의 삶의 방식은 의외로 단순해. 그냥 사회의 규칙을 지키며, 경쟁을 뚫고, 나를 버텨나가는 반복적인 생활 습관에 젖어 있지. 적자생존의 법칙에 잘 길들여진 인생이야. 난 어렸을 때 적자생존이란 법칙이, 동물들 세계에나 있을 먹이 사슬에만 적용되는 줄 알았지. 그런데 그게 아니더군. 현실에서도 그런 법칙들이 줄곧 나를 따라 다녔고, 나를 포함해서 의대를 다닌 모든 친구들도 그런 원리에 지배 되었지."

나는 잠시 말을 끊었다가 계속했다.

"경쟁이란 틀 속에 갇힌 실험용 쥐를 상상할 수 있겠어? 매일매일 교수님들이 던져주는 지식이란 먹이만 냉큼냉큼 받아먹는 습관. 사회가 씌운 완벽주의란 허울에 마음

속이 90도 각진 모양으로 만들어져 가고 있다는 것도 모르는 실험용 쥐들. 학점이 좋지 못한 한 친구가 있었지. 그는 의대를 들어오기 전까지 한 번도 일등을 놓치지 않은 우등생이었어. 하지만 의대에 들어와서는 자신의 적성에 맞지 않았던지, 진도를 따라 가지 못하고, 결국 학점을 제대로 이수하지 못했지. …그런데 그는 결국, 교실 옆 계단 창고에 그 자신을 가두어버렸어. 목을 매단 채 자살한 것이지. 그렇지만 그것보다 더 참을 수 없었던 것은, 같이 공부했던 친구들 모두가 비겁하리만치 침착함을 위장한 것이었어. 슬픔에 감추어진 다른 문제에 대해선 전혀 생각해 보지 않았단 뜻이지. 모두들 비록 추모란 형식으로 영원히 잠든 그에게 미안하다는 마음을 보내기는 했지만, 아마 그들은 그들의 눈물 없는 슬픔을 감추며, 이런 좌절감이 없도록 나도 좀 더 공부를 열심히 해야지 하는 역설적인 생각을 했을 지도 모르지. 이율배반적인 일이지. 모두들 그런 답답함을 느끼면서도 결국은 모두가 의사란 직업을 얻었어. 그런 경쟁의 테두리에서 잘 적응한 것이지. 내가 남에게 이런 말들을 하는 것은 처음이야. 아마 이 말은 찰스 할아버지나 아첵에게도 영원히 하고 싶지 않은 말이야."

"리차드에게도 그런 일들이 있었군요…."

"서로 다른 타인과, 경쟁이 존재하는 사회니까. 어떤 일이든 일어날 수 있는 곳이지. 그리고 …사랑도 그런 범주에 들 수가 있겠지."

"…"

그때 핸드폰이 울렸다. 다른 레지던트가 좀 도와주라는 전화였다. 응급실에 교통사고로 한 가족이 실려 와서, 손이 모자란다고 나에게 도움을 청하는 내용이었다. 나는 알았다고 하며 전화를 끊었다.

"응급실에 환자들이 갑자기 몰려왔나봐. 내가 잠깐 가서 도와줘야 될 것 같아. 일단 여기서 쉬고 있어. 내가 일을 처리하고 나면, 밖으로 같이 나가 저녁식사를 하게. 그때 더 많은 이야기를 나누도록 하지."

"미안해요 리차드. 저 때문에 시간을 뺏겨서…."

"아니야. 마티와 이야기를 하다 보면 나도 잊었던 많은 것들을 되새기곤 해. 동료가 기다리고 있을 테니 빨리 갔다 올게."

나는 말을 마치며 그녀에게 웃어 보였다. 그녀는 야윈 얼굴에 가벼운 웃음을 보이면서 나를 따라 침대에서 일어나 문 앞까지 따라왔다. 나는 그녀에게 계속 쉬라고 다시 말하며 응급실로 발걸음을 빨리 했다.

돌아와 보니 마티가 온데간데없이 사라졌다. 혹시나 메모라도 있을까 하여 책상이나 침대 주위를 다 뒤져 보았으나, 어디에도 그런 쪽지는 보이지 않았다. 그녀는 혼자 조용히 떠나버린 것이다.

메시지를 보내거나 전화를 할까 하다가 그냥 두었다.

갑자기 찾아 왔다가, 또 이렇게 사라져 버린 그녀에게서 약간 이상한 느낌이 들었지만, 그녀의 지혜로운 마음가짐을 알기에, 그녀에게 다시 연락이 올 때까지 기다리기로 했다.

32. 마티(Marti)와 스코트(Scott)

나는 유니온 스퀘어에서 일주일에 4번 열리는 그린마켓 시장에서 자주 생필품을 구입한다. 근처 마을에서 갓 만들어 온 빵이나 치즈, 소시지, 우유 등은 정말 고소하며 맛이 있고, 농부들이 직접 재배하여 판매하는 채소와 과일들은 이른 아침에 따온 거라 무척 싱싱했다.

오늘은 일요일이라 그린마켓이 열리지 않는 날이다. 하지만 늦은 오전에 카페테리아에서 브런치를 먹고 이곳으로 왔다. 스코트의 연설이 오늘 이곳에서 있기 때문이다. 하원의원 선거 운동이 본격적으로 시작된 것이다.

스코트 캠프 자원봉사자들 중에는 내가 아는 뉴욕대학 학생들이 많았다. 그들의 말에 의하면, 해당 선거구의 유권자 의식조사를 시행하였는데, 젊은 층에서는 대부분 총기소지 금지 법안에 대해 찬성하는 입장이지만, 중장년층 이상에서는 의외로 자신을 보호할 총기 소지가 법으로 꼭 필요하다는 반대 의견도 많다고 한다.

그래서 스코트의 핵심 정책 공약이 총기소지금지 법안이므로, 여론을 주도할 수 있는 곳으로, 이곳 유니온 스퀘어와 워싱턴 스퀘어를 선거 집중 공략지역으로 선택했다.

스코트는 많은 사람들 앞에서 이미 연설을 시작하고 있었다.

"뉴욕의 경찰국 통계에 따르면 뉴욕 시의 총격이나 살인사건은 과거에 비해 점차 늘어나고 있습니다. 살인 사건의 대부분이 총기와 마약과 관련된 사건이었고, 총격 사건은 작년에 비해 벌써 15%나 증가했습니다. 비록 뉴욕의 많은 경찰 관할 구역 가운데 몇몇 구역에서 집중적으로 발생된 것이긴 하지만, 인간들이 총기를 가지고 있는 한 이러한 강력범죄는 끊이질 않을 것입니다."

스코트가 목소리를 더 높였다.

"저는 인간들의 선한 본능을 앞으로 끌어내기 위해서는 악한 본능을 자극하는 총기소지와 같은 무기들을 시민들의 안락한 집에서 거두어들이는 법을 제정하려 합니다. 지금까지 많은 정치인들이 저와 뜻을 같이하고 있으며, 저는 그 선두에 서서 밤에도 뉴욕 어디든지 시민들이 다닐 수 있는 그런 안전한 세상을 만드는 데 최선을 다하려고 합니다. 제가 여러분들에게 드릴 수 있는 공약은 다음과 같습니다."

스코트의 말에 많은 사람들이 공감을 했다. 총기 규제는 꼭 필요한 법안이라는 생각을 하고 있는 것이다.

내가 스코트를 좋아하게 된 이유도, 아마도 이런 스코트의 추진력과 그의 신념 때문일 것이다.

하지만 중간 중간 이 법안을 반대하는 사람들도 있었다. 특히 자신의 직업과 수입과 관계되는 사람들은 스코트가 연설을 하는 도중에, 반대한다는 구호를 외치기도 했다.

"이 세상을 아름답게 만들려고 하는 사람들이 많습니다. 개인들이 일으키고 있는 그런 물결들이 모이면, 세상을 뒤흔드는 거대한 파도가 형성이 됩니다. 긍정적인 마음을 가진 사람들이 일으키는 잔잔하고 깊은 파도들이, 이 세상을 변화시키고 올바른 방향으로 나아가는 흐름을 만든다는 것입니다."

스코트가 한 손을 불끈 쥐고 하늘을 향하며 말했다.

"우리가 가지고 있는 올바른 생각으로 세상을 변화시키려 노력합시다. 서로 다른 개인들의 생각들이 하나가 되어 뭉쳐지면, 우리는 역사를 새롭게 바꾸는 전환점이란 중요한 기회를 만들게 됩니다. 저는 여러분들이 이런 것들을 잘 이해하실 거라 믿습니다. 여러분. 제가 여러분의 안전을 책임지게 도와주십시오. 총기소지 금지법은 반드시 필요합니다!"

스코트의 연설은 상당히 차분하게 진행되었다. 말을 중간 중간 멈추거나 느리게 하고, 또 관중들의 반응을 살피면서 목소리를 높여 접근해갔다. 젊은 정치인치고 인기가 점차 오르고 있는 이유를 알 것 같았다.

바람이 불며 머릿결이 조금 흐트러졌다. 나는 쓰고 온 모자를 벗어 머리를 정돈했다. 그때였다. 갑자기 뒤에서 팝콘을 튀기는 듯한 큰소리가 귓가에 울렸다. 깜짝 놀라 소리가 난 곳을 뒤돌아보았다. 그런데 사람들이 하나 둘씩 쓰러지고 있었다. 총소리였던 것이다. 놀란 사람들이 땅에 엎드리거나 주변으로 뿔뿔이 흐트러졌다.

그때 내 눈앞에 총을 쏘고 있는 한 중년 남성이 보였다. 짧은 순간 나와 그의 눈이 마주쳤다. 나는 놀라서 그의 눈을 똑바로 쳐다보며 이러지 말라는 눈빛을 보냈다. 그리고 고개를 좌우로 크게 흔들었다. 하지만 거기까지였다.

갑자기 가슴이 답답해지며 정신이 혼미해졌다. 무슨 말인가 하고 싶었는데 입을 열수가 없었다. 그리고 난 쓰러졌다. 주변에 있는 건물들이 사방을 둘러싼 빙벽마냥 눈에 들어왔다. 점점 흐릿해지더니 어지러워지면서 어두운 그림자가 엄습했다. 마치 어렸을 적에 이리 호숫가를 달리다가 쓰러졌던, 그때와 같다는 생각이 얼핏 들었다.

그리고 난 깨어나지 못한 체 암흑 속으로 떨어졌다.

33. 리차드(Richard)

아침부터 두통이 있어 병원에 도착하자마자 타이레놀을 복용했다. 응급실 대기실에는 몇몇 환자들이 진료를 받기 위해 기다리고 있었다.

이곳을 찾아오는 많은 사람들이 아픈 몸과 함께 마음도 같이 다쳐 오는 경우도 많았다. 하지만 어떤 환자들은 무표정한 얼굴로 이방인처럼 말이 없는 환자들도 있다.

나는 가끔씩 그들과의 보이지 않는 거리를 가늠해보곤 한다. 병원이란 게 치료도 치료지만 휴식을 위한 안락처가 될 법도 한데, 이곳에는 항상 차가운 알코올 같은 느낌만이 가득했다. 환자들이 거쳐 가는 정류소와 같은 병원에 길들여진 나는, 오늘도 하얀 무대복 같은 가운을 걸쳐 입고, 반복된 삶의 하루를 시작했다.

"글쎄요…, 제가 내린 진단이 맞지 않았으면 좋겠지만…, 댁의 아드님 통증은 엑스레이에서 대퇴골 파괴 양상이 보이는 게…, 골 육종이 의심됩니다. 물론 정밀검사를 더 해봐야 정확히 알겠지만 종양의 한 종류인 것 같습니다…."

나는 엑스레이 사진 한곳을 보호자에게 가리켰다.

"골육종이라뇨?"

그녀는 약간 겁을 먹은 듯 목소리가 조금 전보다 작아져 있었다.

"뼈에 생기는 암의 한 종류입니다."

나는 잠깐 망설이다가 추가 정밀검사 및 치료를 위해서는 보호자에게 알리는 것이 최선이란 생각이 들었다.

"예?, 그럼…, 우리 아들이… 설마, 그 무서운 암이란 말입니까?"

그녀는 이미 뭔가 잘못되어 가고 있다는 걸 느낀 듯 얼굴빛이 변하며 핏기가 사라지고 있었다.

"…너무 놀라지 마십시오. 해당 분야 전문의의 정밀 진단을 받기 전까지는 아직 확정된 것은 아니니까요…."

나는 이미 엑스레이 상에 나타난 소견으로 보아, 이 환자의 병이 상당히 진행된 것 같은 느낌이 들었다. 하지만 그녀가 너무 충격을 받을까 봐, 희망 섞인 몇 마디를 띄울 수밖에 없었다.

"선생님, 정말로 초기라면 우리 아들이 괜찮아 질까요? …하나 밖에 없는 자식인데…."

"…"

벌써 그녀의 주름진 눈 주위에는 눈물이 벌겋게 이슬처럼 머금어져 있었다. 아들의 아픔이 마치 자신의 삶의 죄과인 양, 조용히 슬픔을 삭이는 그녀의 모습이 내 마음을 더욱 답답하게 하였다. 나는 잠시 아무런 말도 없이 묵묵히 있었다.

당사자인 젊은 학생의 애써 담담해 하는 모습이 한편으론 대견스러워 보였지만, 그러한 것도 이미 그녀의 손상된 마음을 회복시킬 수는 없다는 여러 경험을 하였던 지라, 마음 한구석에서 오는 씁쓸함은 피할 수가 없었다.

나는 그녀에게 진정하라는 눈길을 보내고 싶었지만, 어쩐지 배우들이 하는 가식적인 행동인 것 같아, 옆으로 눈길을 돌리며 침묵해 버리고 말았다.

적막해져 버린 이곳이 시간이 갈수록 그녀의 눈물을 더 자아낼 것 같아, 나는 해당분야 정형외과 선생님을 불러 추가로 필요한 검사 등을 받게 했다.

'후….'

오늘 또 한 생명에게 조그만 아픔과 슬픔의 선고를 내린 것 같다. 이러한 경험들이 나에게 주어진 임무이며 의료인의 생활이겠지만, 치유가 힘든 환자를 설득하고 다루는 것은 직업상 겪게 되는 나만의 작은 슬픔이자 어려움이었다.

난 그들의 생이 병의 선고가 시작되면서부터 점차 바뀌어져 감을 안다. 죽음의 그림자를 감지한 현실이, 알게 모르게 그들의 자유로운 정신을 구속해 버리고, 부상자의 외로운 삶을 강요할 것이라는 것을 안다. 편안한 일상

호흡들은 가쁘고 거친 숨결로 변해버리며, 여유롭게 보냈던 휴식시간은 무거운 기다림이 되고 만다.

아름다운 영혼들을 만들어가고 있는 육체가, 병과 아픔에 의해 깊게 상처받고 균형을 잃는 모습을 보는 것은 매우 슬픈 일이다.

피곤했던 당직 근무를 마치고, 일요일인 오늘은 해가 중천에 뜰 때까지 늦잠을 잤다. 정오쯤 일어나 가볍게 점심을 먹은 후, 책을 읽다가 소파에서 또 깜빡 잠이 들었다. 그렇게 얼마를 잤을까? 빗소리에 잠이 깼다. 천둥 번개와 함께 갑자기 실타래를 풀어 놓은 듯, 비가 서글프게 내리고 있었던 것이다.

몸을 일으켜 소파에 앉았다. 온 몸이 무언가에 눌린 듯 무거웠다. 나는 기지개를 켜며 목을 좌우로 돌리고 잠에서 깨려고 노력했다.

그런데 갑자기 이상한 느낌이 들었다. 누군가 나를 뒤에서 지켜보고 있는 듯한 느낌과 함께 갑자기 가슴이 꽉 막히며, 미세하게 떨려오는 마음 속 진동이 느껴졌던 것이다. 마치 협심증 환자가 느끼는 고통처럼 심장의 두근거림이 느껴지고, 온 사지에 작은 전류가 흐르듯 짜릿한 저림이었다. 처음 느껴 보는 이상한 경험이었다. 나를 질식시킬 것 같은 이 압박감은 대체 무엇일까?

자리에서 일어나 냉장고를 열고 시원한 생수를 마신 다음, 커피를 탔고 TV를 틀었다. 그런데 TV에서는 뉴욕 연방 하원의원의 선거 유세장에서 총격사건이 발생되었다는 긴급 뉴스가 나오고 있었다. 유니온 스퀘어에서 테러 사건이 터진 것이다. 범인은 현장에서 경찰들에 의해 사살되었지만, 그곳에 있는 많은 사람들이 죽거나 다쳤다는 것이다. 사상자들은 인근의 티쉬 병원 응급실로 긴급 후송되었다는 보도가 나오고 있었다.

나는 갑자기 스코트가 생각이 나 TV 볼륨을 높이고, 소파에 앉아 뉴스에서 나오는 단어 하나하나에 신경을 곤두 세웠다.

'스코트는 괜찮은 것일까….'

그런데 조금 뒤, 난 내가 왜 조금 전 그런 목이 죄이는 듯한 느낌을 받았었는지 곧 알게 되었다. 마리아부터 나에게 갑자기 전화가 걸려 온 것이다.

내 귓가엔 거대한 파이프 오르간에서 울려 나오는 클라이맥스에 이른 음률이 들려왔다. 귀가 얼마나 울렸던 지 쿵쿵거리는 천둥소리가 났다. 작은 벌레 구멍 같은 핸드폰을 통해 들려오는 말. 그건 마티가 스코트의 연설을 듣는 도중, 테러범에 의해 총에 맞아 병원으로 옮겼지만, 조금 전 심폐소생술을 하였으나, 끝내 죽었다며 흐느껴 울먹이는 마리아의 음성이었다. 그 시간은 바로 내가 이상한 전류를 느꼈던 바로 그 순간이었다.

난 한참을 멍하니 핸드폰을 들고 서 있었다. 도대체 이게 무슨 일이란 말인가? 그녀가 총에 맞았다니…, 죽었다니…, 어떻게 이런 일이…. 핸드폰 속에서는 계속

'여보세요…, 여보세요…'

마리아의 외치는 소리가 계속 들려왔다. 난 한참을 말을 꺼내지 못하고 서 있다가, 그녀에게 지금 있는 병원 이름을 물어보았다. 마리아의 울먹이며 대답하는 소리가 가슴을 헤집고 비수처럼 심장 속으로 쏟아져 들어왔다.

핸드폰을 끊고 난 후 남은 건 적막과 우울함뿐이었다. 도대체 왜 이런 일이 발생했을까? 도대체 왜 이런 일이….

천둥이 치고 비가 내린 조금 전…, 그럼 그녀의 영혼이 나에게 다녀갔다는 것일까? 난 몸과 마음이 굳어져 움직일 줄 몰랐다.

34. 마티(Marti)의 일기장

새벽에 이상한 꿈을 꾸었다.
호숫가를 거닐고 있는데
갈매기 무덤에서 죽은 갈매기가 깨어났다.
그리고 나를 가만히 보더니
갑자기 내 품 안으로 날아들었다.
나는 깜짝 놀라 소리를 질렀다.
하지만 마음과는 달리 소리가 입 밖으로 나오지 않았다.
나는 푸드덕 거리는 갈매기의 날개 짓에 놀라
뒤로 넘어지며 깨어났다.
아버지에게 갈매기에 대한 진실을 들었기 때문일까?
몇 달 전 클리블랜드에 갔을 때
아버지께서 내게 모든 것을 말씀해 주셨다.
어렸을 적 내가 엄마로 생각했었던 갈매기의 죽음은
아버지가 나를 위해 벌인 일이시라고….
크게 놀라지 않는 내 표정을 보고
아버지께서는 의외라는 표정을 지으셨다.
사실 나는 속으로 무척 당황했고 슬픔이 복받쳤지만,
아버지를 생각하여 꾹 참고 있었다.

뉴욕으로 돌아와 한 때

깊은 시름에 잠긴 적이 있었지만,

빠르게 일상생활에 적응해 나갔다.

엄마가 남겨진 노트에는

인간들의 본능이란

수백만 년을 거쳐 진화되면서부터 대물림된

유전학적 기질에서 나온다고 써져 있었다.

기쁘거나 슬프고, 화나거나 즐겁고

사랑하거나 미워하고

원하거나 도망치고 싶은 것 역시

생명현상을 유지하기 위한 수단과 방법이란 것이다.

하지만 인간들의 정신이나 영혼은

그런 생명현상을 넘어서는 소중한 것이라고 했다.

현실에서 보는 생명현상이 사라졌다고 해서

그 사람의 정신이나 영혼이

결코 사라지지는 않는다고 하셨다.

어머니 역시 새장에 갇혀있는

답답한 내 영혼을 바라시지는 않을 것이다.

나에게 목표가 생긴 이상

강한 날개를 키우고

많은 곳을 날아다녀야겠다는 생각이 들었다.

친구에게서 오늘 스코트가

유니온 스퀘어 공원에서

선거운동을 한다는 소식을 들었다.

그가 추진하고 있는 모든 일들이 잘 되었으면 좋겠다.

모든 시민들이

총기의 위협에서 벗어나고

자유롭고 두려움 없이 살아가는 세상.

정말 생각만 해도 행복하다.

스코트.

그의 의지는

앞으로 많은 사람들의 공감을 얻을 것이다.

내 친구 스코트.

오늘은 꼭 시간을 내어

그의 연설을 들어봐야겠다.

35. 리차드(Richard)

마티가 죽었다는 소식을 듣고 찰스 할아버지와 아첵, 헬렌, 토마스 모두가 뉴욕에 왔다. 장례식은 희생자들을 기리기 위해, 뉴욕시에서 마련을 했다. 아첵은 최근 건강이 좋지 않으신 데도, 마티의 장례식에는 꼭 참석을 해야겠다며 찰스 할아버지께 우기셨다고 한다.

나는 장례식에서 맑고 깨끗한 아첵 할아버지의 눈에서 그렇게 많은 눈물이 나오리라고는 상상을 못했다. 그렇게 슬퍼하시는 모습은 생전 처음 본 것이다.

마티의 아버지 알렉스는 잠을 못 주무셨는지 무척 핼쑥한 모습이셨다. 찰스 할아버지도, 아버지가 돌아가셨을 때처럼, 얼굴에 슬픔과 고통이 많아 보이셨다.

스코트는 퉁퉁 부은 눈으로 장례식 동안 한 마디도 하지 않았다. 그의 몸은 다치지 않았지만, 마음이 많이 다친 듯싶었다.

나 역시 장례식이 끝날 때까지 아무 말이 없었다. 사실 마음 속 깊은 곳에서 끊임없는 아픔이 주체할 수 없을 정도로 솟아났지만, 입술을 악물고 참아냈다.

마티를 다시 볼 수 없다는 현실이 믿어지지가 않았다.

가슴 한 구석이 크게 구멍 난 느낌이었다. 마음속으로 아무도 모르게 목놓아 울었다.

스코트는 마티의 관이 구덩이 속으로 내려가고 흙을 덮기 시작하자, 마침내 엉엉 소리 내어 울기 시작했다. 그리고 땅에 주저앉아 미안하다는 말만 반복했다. 찰스 할아버지가 스코트를 달래며, 그를 부축하여 차로 데려갔다.

나는 마티가 땅에 다 묻히고 나서도, 집에 가지 않고, 저녁 늦게까지 아무 생각 없이 마티의 곁에 앉아 있었다. 아첵의 건강 때문에 오후에 모두들 집에 돌아갔지만, 난 마티가 어렸을 적 갈매기의 무덤 앞에 앉아 있듯, 그녀의 옆에서 밤을 새기로 한 것이다.

며칠 뒤 난 그녀가 어렸을 적부터 놀았다는 뉴욕 서남
쪽 끝자락에 있는 밧데리 공원에 갔다. 내가 앉은 벤치
옆에는 생기 잃은 앙상한 나뭇가지를 가진 메마른 모습
의 나무가, 무대 뒤의 배경처럼 흐느적 걸쳐져 있었다.
바다에서 불어오는 차가운 바람 때문인지 나무껍질이
거북의 등 모양 갈라져 있어 마치 표고버섯의 잔주름을
연상시켰다. 하지만 그러한 낙엽빛 쓸쓸한 풍경 보다는
빛바랜 벤치의 차가운 촉감이 내겐 더 현실적인 느낌이
었다.
나무들은 자신의 가지에 맺힌 열매란 존재 때문에 무거
워진 몸을 느낀다. 인간들 역시도 타인이란 존재가 만들
어 준 의문 때문에 무거워진 마음을 가지게 된다. 마티의
아름답고 순수한 생명은 졌지만, 그녀가 남긴 씨앗 같은
흔적이 나에게 남았다.
세상은 타인과의 부대낌에서 만들어져 가고 있는 단편
들이 엮어낸 소설집과 같다고 했다. 자신과는 다른 성격
의 사람들. 그리고 호르몬과 사고방식이 다른 이성이란
존재. 사랑, 욕망, 기다림, 후회 그리고 견딜 수 없을 것
같은 아픔과 슬픔.
방파제 주위로 갈매기 때들이 끼룩끼룩 거리며 선회하
고 있었다. 바다 위를 빙빙 맴돌다가 수면에 가깝게 날
아 보기도 하고, 또 바람의 방향을 이용해 두 날개를 활

짝 핀 채로 하늘로 높이 치솟아 오르다가 다시 저공비행으로 바꾸기도 했다. 갈매기들에게는 바다가 삶이다. 그들은 바다와의 적당한 높낮이를 유지하며 그들의 생을 살고 있다. 현명한 방식이었다.

갈매기 한 마리가 갑자기 내 앞에 날아와 앉았다. 그 갈매기는 이미 사람의 존재에 익숙한 듯 주위에 있는 나를 보고도 무관심해하며 짧은 다리를 번갈아 움직이며 이곳저곳 바삐 왔다 갔다 했다. 뒤뚱거리며 배회하던 갈매기는 잠시 후 무엇을 찾았는지 부리를 위아래로 가위질하며 어떤 물체를 좌우로 뒤척이기 시작했다.

나는 그것이 무엇인지 궁금하여 허리를 쭉 핀 체, 숨을 죽이고 자세히 살펴보았다. 멀리서 보기엔 조그맣고 까만 타원형 모양이었는데 아마도 짐작하건대 작은 조개 껍질 같았다. 갈매기는 그것이 살아있는 조개인 줄 알고 먹잇감으로 이리저리 뒤척여 봄이 분명했다. 갈매기는 서너 번 그렇게 부리질 한 다음, 뒤집혀진 조개가 결국 빈 껍질인 줄 알았던지 하던 짓을 멈추고는 가만히 고개를 들어 먼 바다를 바라보았다. 그러더니 무심하게 잠시의 기다림도 없이, 아무런 자취도 남기지 않고 획 하니 날개를 펴며 하늘로 그냥 날아가 버렸다.

나는 보이지 않는 선을 허공에 그으며 저 멀리 수평선을 향해 날아가는 작은 새를 멀건이 바라보았다. 그 새는 마치 조용히 왔다가 흔적 없이 사라지는 뜬구름 같았다.

 나는 그 새가 작은 점으로 사라져버리자 무의식적으로 벤치에서 일어나 조금 전 그 새가 놀았던 곳으로 다가갔다. 그리고 산호빛 배를 내놓고 하늘로 뒤집혀진 작은 조개를 찾아서 주워들었다. 껍질은 딱딱했지만 방금 사라진 갈매기의 체취가 어렴풋이 느껴지는 듯 했다. 가볍고 하얀 깃털의 포근함. 그런 기분이 든 것이다.

 나는 조개껍질을 겉주머니에 살며시 넣은 체 집으로 가려고 택시를 탔다. 집으로 돌아오는 동안 겉주머니의 조개껍질은, 차창을 통해 들어오는 바람의 영향과 차의 진동으로 인해 쉴 새 없이 주머니 속에서 달그락거렸다.

 그때였을까? 빨간 신호등을 보고 잠시 차가 멈춘 사이 시원한 바람이 차 안으로 슬쩍 들어와 옷깃을 흔들었다. 그리고 난데없이 새의 것으로 보이는 하얀 깃털 하나가 두둥실 차 안으로 들어와 내 가슴에 안기는 것이 느껴졌다.

36. 스코트(Scott)

 인간은 모두가 도중에 있다는데, 나는 지금 이 지구라는 곳에서, 어느 곳, 어느 시간을 달리고 있는 지 궁금하다. 이런 일들을 당하고도 사회를 변화시키기 위해 이 남겨진 생을 다 바쳐야만 하는가?

 정수 아닌 미지수. 인생이란 그런 것이다. 하지만 바다 속에 감춰진 빙산의 본체 보단, 튀어나온 현실이 너무 작다. 현실만 가지고는 숨겨진 본체를 변화시킬 수가 없다는 것이다.

 선거 운동을 멈추었다. 나 때문에 많은 사람들이 죽었고, 마티의 피 흘리는 모습에 큰 충격을 받았다. 나는 현장에 있었으면서도 마티에게 아무런 도움도 되지 못했다. 바보같이 다른 사람들처럼 총소리에 몸을 숙이고 엎드렸다. 그런데 마티는….

 장례식장에서 찰스 선생님과 아첵이 나를 위로하려고 무척 애를 쓰셨다. 하지만 나는 미친 사람처럼 정신을 차리지 못했던 것 같다. 차가운 관에 누워있는 마티에게 아무런 말도 하지 못하고 그녀를 떠나보냈다.

 사랑한다는 말을 정말 하고 싶었는데…. 그녀를 잠시

만나지 않았던 짧은 날들이 너무 보고 싶어 괴로웠었는데…. 그녀가 나에게 문을 열어 줄 때까지 기다리려고 했는데 ….

그녀의 죽음에 가슴속 심장이 기능을 멈춘 것 같았다. 두뇌도 얼어 버렸다. 온 몸이 고통에 찢어지는 듯 통증이 밀려왔다. 난 들리지 않는 공간 속으로 긴 울부짖음을 토해냈다. 너무 화가 나고 슬픔이 복받쳐 늑대와 같이 야성적인 울음을 도시의 어두운 공간에 마음껏 내질렀다.

심장을 송곳으로 찌르는 듯한 고통이란 바로 이런 것인가 보다. 가슴 안쪽이 너무 아프고 쓰라렸다. 밤새 처절함과 슬픔에 몸부림치다가 결국 쓰러졌다.

나는 장례식 다음 날 늦은 오후에 혼자서 마티의 무덤으로 갔다. 그리고 목소리가 나오지 않을 때까지 반복해서 미안하다는 말을 했다.

마티…, 내 사랑 마티….

미안해 마티, …미안해.

마티…, 너무 보고 싶어… .

하지만 마티에게서는

아무런 메아리도 들려오지 않았다.

37. 리차드(Richard)의 일기장

마리아가 마티의 일기장을 나에게 전해준 날,
난 일기장을 읽으며 하루 종일 눈물을 흘렸다.
울다 깊은 잠을 자고 나서야
그녀의 일기장을 간신히 덮을 수가 있었다.
그녀가 남긴 이 일기장의 흔적은
나에게 그녀의 아버지가 그녀에게 남긴
갈매기의 상처만큼이나
깊고 모진 것 같았다.
난 마티의 일기장을 볼 때마다
내게 피할 수 없는
어떤 운명 같은 것이라고 느끼고 있다.
어제도 밤을 새며 일기장을 읽다가
새벽이 되어서야 잠을 잤다.
그런데 그녀의 일기장을 읽은 후부터
내가 자주 꾸었던 해부학 꿈을 이제 잘 꾸지 않는다.
그녀가 준 일기장을 반복하여 읽다 보니
그녀의 감정이 내 마음 속에 변화를 일으킨 것일까?
나는 그녀의 이 일기장이

내게 온 이유를 생각해 보고 있다.

언젠가 그녀에게 작가가 되기 위해

글을 쓰고 있다는 말을 한 적이 있었는데,

그녀의 일기장을 읽으면서

나에게 읽혀진 수많은 사람들과의 관계들이

다시 시작되어지는 느낌이다.

스코트는 마티의 죽음 때문에

선거 운동을 거의 하지 않았다.

하지만 스코트의 지지도는

다른 후보들을 앞서 나가고 있었다.

마티와 지지자들의 희생이

그의 미래에 영향을 미친 것이다.

나는 유튜브에 올려진 마티의 동영상을

스코트에게 링크해서 보냈다.

마티의 바램을

스코트도 알고 있으면 좋겠다는 생각에서였다.

마티에 대한 이야기를 헬렌에게서 들은 토마스가

그의 많은 재산을 투자하여

지구의 영혼이라는 프로그램을 후원하기 시작하였고

전 세계로 퍼트리기 위한 재단도 설립하였다.

그리고 친분이 있는 많은 기업의 CEO들에게

그들의 도움을 요청했다.

마티의 동영상은 일반인들의 사회적 관심도도 높였다.
정치나 법으로 해결되지 못하는 문제들을
스스로 바꾸려는 참여자들이 서서히 생겨났다.
학교 선생님들 중에는
정해진 교과수업 이외에 학생들에게
지구의 영혼이라는 프로그램을 이용하여
벌써 새로운 희망을 가르치려는 사람들도 있었다.
나도 이제 마티가 남겨준 일기장과
내가 기억하고 있는 사람들에 대한 기억을 가지고
이제 소설을 시작을 하려 한다.
나의 무의식 속에 잠재해 있는 보따리는,
마티의 일기장이란 매개체를 통해
서서히 이 세상에 풀리게 될 것이다.
두뇌란, 의식의 진화과정을 위해
자연이 선택한 영혼의 자궁과 같은 것이다.
인간들의 뇌세포는, 늙어 죽어가면서도
이웃한 뇌세포들에게 일부 정보를 물려주고 떠난다.
그녀의 일기장도 똑같다.
그녀는 기억을 나에게 남기고 떠난 것이다.
그녀 영혼의 뿌리내림은 이미 나에게서 시작이 되었고
나는 그녀의 영역 안에서
작가로써 이야기를 풀어나갈 것이다.

아첵은 우주의 법칙이란
원인과 결과에서 오는 연쇄반응이라고 했다.
나는 마티가 내게 일으키고 있는 연쇄 반응이
과연 어떤 것인지 궁금하다.

지구의 영혼을 꿈꾸다

지구의 영혼을 꿈꾸다

1판 1쇄 발행 2018년 6월 1일

지은이 / 임창석
펴낸이 / 임준형
출판사 / 아시아북스
등록 / 2015년 8월 5일 제 2015-000065 호
주소 / 서울시 송파구 문정동 법원로 55 송파아이파크
　　　오피스텔 C 동 903호
전화 / 02-407-9091
팩스 / 02-407-9091
E-mail : Asiabooks@naver.com

저자와의 계약에 의해 아시아북스 출판사에서 발행합니다.

ISBN 979-11-955956-6-2　　03810